TIANXING SHIKU
天星诗库

- 域外华语诗人诗丛 -

著 明迪

几乎
每个天使都有翅膀以及
一些奇怪的嗜好

明迪诗选（2011-2016）

山西出版传媒集团　北岳文艺出版社
BEIYUE LITERATURE & ART PUBLISHING HOUSE

图书在版编目（CIP）数据

几乎每个天使都有翅膀以及一些奇怪的嗜好：明迪诗选（2011-2016）/ 明迪著. — 太原：北岳文艺出版社，2016.9
（天星诗库·域外华语诗人诗丛）
ISBN 978-7-5378-4890-9

Ⅰ.①几… Ⅱ.①明… Ⅲ.①诗集-中国-当代Ⅳ.① I227

中国版本图书馆 CIP 数据核字 (2016) 第 195363 号

书名：几乎每个天使都有翅膀
以及一些奇怪的嗜好
明迪诗选（2011-2016）

著者：明　迪
策划：刘文飞　续小强

责任编辑：刘文飞
书籍设计：张永文
封面摄影：徐晓鹤

出版发行：山西出版传媒集团·北岳文艺出版社
地址：山西省太原市并州南路 57 号　邮编：030012
电话：0351-5628696（发行部）　0351-5628688（总编室）
传真：0351-5628680
网址：http://www.bywy.com　E-mail：bywycbs@163.com
经销商：山西新华书店集团有限公司
印刷装订：山西新华印业有限公司

开本：880mm×1230mm　1/32
字数：168 千字　印张：7
版次：2016 年 9 月第 1 版
印次：2016 年 9 月山西第 1 次印刷
书号：ISBN 978-7-5378-4890-9
定价：36.00 元

目录

飞行 （2011—2016 精选）

音乐疗法（2012 组曲诗精选）

新寓言诗（2011—2016 精选）

图像诗（2013—2015 精选）

小说诗（2011—2015 精选）

微博体（2015—2016）

飞 行

（2011—2016 精选）

青海，古拉格

于是我来到你对面，有点迟疑，
想不出一个仁慈的借口。
据说这湖水是咸的，如同仙鹤
落下的眼泪。我转过身，
不敢直面流放的迹象，
只好故作轻松，笑谈儿女情长——
我们曾经是，始终是，爱的囚徒，
只是你错爱，葬送了一生，
我懵懂，至今还在途中。
我来到这里，明知你已经走了，
却想见证山水的隐忍，
和空中鸟的余音——
沉重，如铁链还系在脖上。
这里是诸神的家乡，辽阔，一望无际，
尔后，人们在圣殿上绑架鹤群——
人剥夺鸟的自由，只需要一个美丽的理由，
爱。
偌大的湖，回流成一个孤岛——
人们对着墓碑拍照，对着自由的天空兴叹，

而我背过身，害怕湖水的咸，
掺杂风的甜蜜，渗进我眼里。

2011 年 8 月 组诗选一

格桑花，或某种记忆

我熟悉这样的红，也略微知道这是异样的
品种，夏天浅黄，秋光下才转为粉色。
见过太多的冒牌，劣质，我需要凝神，专注于你，
安宁于你，静养于你。而光线总是飞快地行走，

某些场景总是与车速有着碾不断的关联。
车窗摇下时，夜色是高原上的一束阳光，
走近，或走远，都如同告别，聚光灯一样
惊心动魄，惊动我睡眠中的旋转视觉，

风车，风轮，风水……我不信只有八瓣的梅朵
才是吉祥，七瓣又如何，六瓣也是
波斯菊，而你不喜欢被称为花，你是化石，
开在远古，野生的，没有名字，甚至没有形状，
只有流动的光色，在我眼前闪烁——
几番变迁之后，固定于一个椭圆之中。

2011 年 10 月 16 日　组诗选一

秋天，或某种远行

进入秋天， 就像上了贼船，
我索性对夏天的日子松手，
让孤独在颠簸中成熟，长出
金色的罂粟，一路铺开——
我离你越远，花的海洋就越宽阔。

你不挥手告别，也不掌舵，
而是在岸上麻醉我的风向——
驶过峡谷，冰川，就是春晓。
你忘了缪斯的家藏，比鸦片花更止痛，
我随手偷一点，船，就会落叶一样沉入毁灭。

2011 年 10 月 组诗选一

南美：格拉纳达（组诗选六）

挽　歌

那个美貌的男子，从深水区窥视我
奇异的心慌，早上五点，看不清他
眼珠，灰蓝色的拉丁字母？紫蓝色
斯拉夫？他拼命抓住我五千年汉玉
打造的手镯，哀求我委身于他波澜
不惊的躯体，我用力反抗，从水面
沉到水下——风萧萧兮的羽翼，在
我肩上栖留，发光，而他变成暗礁，
在水底下抑扬，顿挫，同谎言一样
有着动人节奏，不时敲打我的防身
玉器，箍紧我，束缚我裸露的双腕，
我挣脱，出路在哪？我以婴儿般的
蛙泳，另辟暗道，女娲指着西边说，
远走他乡吧，陷入泥潭的十四米深。

红瓦罐

早上好，亚当。早上好，夏氏女娃。

只几天，我已习惯了平庸而隐秘，亲近

而陌生。历史可以复制，东方与西方，死亡

不朽，随遇而安。每天我坐在同样的位置看窗外，

牙买加草帽，碧丝带，波多黎各

银耳环，纱裙，凉鞋，刀光剑影

比阳光下的灰尘还要轻。一个大男孩

坐我对面，"喝果汁吗?"

你看街角的瓦罐多漂亮，古老的纹路，年轻的光泽，

那些泥土走过很远很远的路，从生到死，

只因一次失误，而被捏成陶瓷，然后，安于墙边，

以有限的空间，和无限的时间，盛装红尘记忆，

圆形的口，血迹已干，仿佛对过往的旅客

说：晚安，亚当，晚安，夏娃或女娲。

飞　蛾

它飞到书页上，抬起头，与我对视，

一刹那战栗，我忘了身在尼加拉瓜 Darío

旅店二楼，因时差而早起——

晨曦微亮，从窗外照进房间，直射我眼睛，

这么远，这么四散

的光，也有凝聚之处，飞蛾看见什么？
我已学会隐藏孤独，若无其事把台灯拧亮一点，
它扑过去——完全不知它的小太阳
可以在我的一念之间消失（也不知我在意
它的小注视）——开关之间，我主宰了飞蛾
两分钟幸福，如同上帝
豁出自己，给它两次性命。我披一件白色外衣
出门，楼下111，沃尔科特还未醒，我轻步走过——
街上空无一人，Imagine 路牌指向右，

我向左，穿过高耸的教堂，
来到河边低矮的草地上，露水已潜逃，太阳
平照中美洲，阴森森，无视
一个异乡人的恐惧。
我走过整个城市，抵达广场，小商贩已搭起摊位，
用西班牙语互道早安，空气中的玉米香味，芒果香味，
爆米花香味，伴着列侬走了样的原声。
我转身回旅店，沃尔科特在游泳池边打盹，气脉镇定，
屋檐下的风铃，这个时辰
毫无动静，西格丽还在梦中？
我轻步走过111，上楼，211，用磁卡开门——
不用钥匙的年代，已没有穿越历史瞬间的错觉，
只有飞蛾侵犯过我清晨的孤独，很短暂，
如同我掠夺过广场的喧嚣。

水　边

一缕轻烟，在我身体内飘飞，经过重灾区，
盐碱地，最后一去兮——
出生入死，不过呼吸一般
深入浅出，慎入浅出，神入浅出——
而我并没有吸进，也没有呼出，只在手里
继续卷着，这些古巴烟丝，香气弥漫
在尼加拉瓜的薄纸之间，安静
如同我坐在拂晓中的身影，
通感尘埃中的光点，光圈，光线。
一个女人，披着蓝围巾，在河堤上观潮，
"水一溅上来，就会打湿，
不如趁早抽一口。"我猜出她的意思，
笑，并向她扬了一下手中的烟，一切圆满！
荒芜没有点燃，死神没有惊醒。换一张
中国锡纸，重新卷，又是新的一支。

火　山

游客嬉笑着，面颊上
天女散花般的火焰留下的红晕，
宏大事件的历史幻影。
我脸色苍白，第一次看见死神

闭目养气，毫无动静，
毫无预兆地勃起。从压抑
到喷井，没有漫长的酝酿
——那是阴谋论的变种。板块
聚合性交界，或分裂性交叉，
什么动力滋生热点？我感知异样
温度，"靠近我，靠近，
我有比湖边更阴柔的草地，
比爱的精液更阳壮的熔岩。"
"抱紧我，抱紧，我会为你丰硕的编年史
尽职，插入一曲骊歌。"
碎石前，你让我怎么相信
死火山口下，有过细致的生命？喷发后
连碎屑也具有道德的优势？
驶过马拉加山脉，湖泊，
我看见板块之间，貌似火花的冷泉。

双　栖

这些大雁，秋天离开北方，春天离开南方，
但绝不仅仅是一次又一次展示雁阵，
或以割裂的方式，爱。每一次决绝
都把一条死路走通。每一次思迁
都把一次抵达放弃。

他们绝不是没有家的概念。南来北往

也绝不仅仅是为了两种气候，两种气质，每一次迁徙

都是一次出埃及，

都是一次朝圣。他们个个都是摩西，但不选拔耶稣

四处游说传教。每一只大雁，都是自己的小神。

他们双栖于南北之间，水陆之间，天地之间——

不属于而大于任何国家种族性别风格流派，他们是

飞鸟/水禽/走兽/人类/神灵的全体！或者小于什么也不是。

他们自我出局，不参与人口普查，不进入选集，

不创造 GPD，

不纠结于户口、身份证、房产证。他们

飞起（翅膀就是方舟），无视签证护照。他们

鸣叫（或沉默），打破方言官方语民间语书面语口语

节奏韵律所有这些对称或不对称的分界线。

他们不与孔雀比羽毛，不与鹦鹉比口舌，不与仙鹤比寿命，

不与蚊子比年轻，不与苍蝇比高度，不与蟑螂比渊博。

他们的优势，在于每换一个视角，就看到事物的差异和相

　　似。这些大雁

大视野，大智慧，但不小看小鸟小虫小虾（甚至小人）

也不忽略小岛小道小雨小声小意思……每一次旅途

都是新奇迹，他们呼喊，而不怕蚂蚁跟随，

或其他物种模仿，他们的孤独，无以复制，他们的孤单，绝

　　不是人字形

可以解决的。他们不解决，而是每一次飞行都发现。

1972 年，中国偏远山区，我每天翻山越岭，
而对山着迷——是山切割了平原，还是平原切割了山？
是树上开出花，还是花开在树上？
接受再教育的母亲，在草屋旁边试验出双季稻，
却在雨天点不燃火，无法为我和弟弟做无米之炊。
2012 年，我从格拉纳达，飞到另一个格拉纳达
（殖民主义后遗症）而从天上困惑——
是大海切割了陆地，还是陆地切割了大海？
是生切割了死亡，还是死亡切割了生？

每天早晨我来到库奇波卡内海湖边，看这些大雁
在天地海川之间飞出一些线条，几乎是二元论的第三重突围，
几乎接近于不完美中的完美，
但他们似乎总是下意识地平衡，将 AB–BC–CD
因果连接，
将无穷大的世界，绕在一环扣一环的相对中
而受制于天赋的视野。

2012 年 4 月

不来梅的长尾鸟

它们不像我一样擅长迷路，但迷路后
就地为家，安于一个绿色的小镇，
河边扎寨，不像我一样迷路后继续走

在林子里越走越深，它们停留在河边，
在最明亮的地方让游人吸引，面孔
每天变换，它们迷恋于这样的视觉迷路，
不走动也迷。

路反倒在它们脚下迷失。

这些小孔雀一样的鸟，原地来回走，
把世界拉大，让草地变成小路，
迷自己，而它们迷失在游人的眼光中。

我不擅长迷失，安静地看它们
迷失之后心安理得的样子，
我表面的安静让它们有一点点惭愧，
其中一只低了一下头，整整一秒钟。
它们继续来回走，用惊奇的眼光看每天

一成不变的小桥流水，路边街名，
它们以飞鸟的心态琢磨什么叫本地，故乡，他乡。

十分钟之外是机场，三分钟之外是火车站，
旁边两座尖顶，指向没有时间的空间。
我知道一走出林子，这些就会出现，或许永远消失。

或许我自己消失。眼前这些走动的长尾鸟
像是我的幻觉，我想避开它们，
在旁边草地上挖一个小洞，躲进去，躲开它们
的视觉骚扰，它们惊讶的目光
把我心里一丁点儿小的不安扩大，扩散，以至
水上的波纹倾斜式移动，而我需要平衡。

它们擅长平衡，它们翅膀内部的肌理
稳定着修长的小腿，它们把地面当天空，信步游走，
每一个游人看起来都像仙子仙女在俯瞰，
它们仰视，"你们也能飞吗?"
我低头，看它们一年四季不需要换的羽外衣，
可以走路也可以收起的细腿，平放但随时可以展开的双翅，
喜爱但随时可以放弃的鸟食，"我不会飞甚至不会走"
我不知道林子的出口在哪儿，我只想
忘记他乡故乡之分，亲人友人之别，
就像这只不知从哪里冒出来的地老鼠，就地
安身——地下无路可迷。

2012 年 6 月 组诗选一

哥伦比亚的鹦鹉

你羽毛光滑，伶牙俐齿，二级保护对象，
而我不得不把你转手，廉价卖给南非诗人——
结果倒给钱他也不敢带走。于是我不得不把你带回

北京，而你进了家门不治而愈，连早安
都不肯多说一句——你学会了节制，学会了自我审查，
净身的种种程序，我开空调你会查一下电阻丝。

你察言观色，邻居说"是"，你从我口里删除"不是"，
我若说出带颜色的暗语，你马上擦掉。你把橡皮擦
当早餐，省去我打开一罐鸟维生素的时间，

于是我坐下又多写几行。你趴在我肩上，偷看，
看得顺口不顺眼的，你叫一声，看得顺眼不顺鼻子的
叫两声，顺鼻子不顺耳的叫三声，你声音

仍然有口香糖的薄荷味，只不过在北京
你嚼完了吞进喉咙，而在哥伦比亚，你吐在军人脸上，
政客鼻子上——我曾用美金把你从麦德林早市救出来。

2012 年 7 月

挪威的智齿

小男孩大清早起床，一出门就掉了
一颗智齿，还叮当一响！干干
脆脆不带一点犹疑，血丝，痛感。

他走进教室一开口发现少了七种语言，
他摸一下口袋里的智齿，闭上嘴，怕同桌看见
牙洞。老师在台上夸奖他
词汇丰富，一生下来就是神童，

比莫扎特玩音乐还早，半岁就坐地上玩词语。
他的造词功能比造血快，比钙质增生快，他头小
嘴大，眼睛大，心眼也大，但从不怀疑
嘴里的东西，他出口成章，门牙
都是智齿提前长出来，一颗会说七种话。
每一天都有一个小男孩掉一颗智齿，
地上词语越来越多，人类语言越来越少。

但这里的孩子智齿多，不怕。山高皇帝远
村里没有官方语言，老师每天带孩子们扔沙袋，

踢毽子，语言满天飞。

挪威北部，这个小男孩这天心事重，放学
去山上找到一棵光秃树，在树下
埋下智齿——明年树上会长出很多叶子，风一吹，
七七四十九种语言发声，一个新的语系
扎根，就像银河系每年多出一些星星，
树上每年长出新叶，秋天时落下一些叮当碰撞的诗。

小男孩还是不放心，回家不敢睡觉怕早上起来
又掉一颗智齿。母亲去世早，
他不知道母语是什么。"奶奶，什么是母语？"
奶奶说开口第一个词语不算（全天下一样）
第二个词语也不算（全地上一样），第三个
到第十个才是，在母胎里听到的，你母亲叫萨米，
你母语叫萨米语，母语就是小时候
说得最多的，肚子饿了要吃的，哭声手势之外的，
但光说没用必须写出来才是文字。

1910 年小男孩用萨米语写下第一本书，三千年的语言终于有
    了文学。
小男孩没有少年，青年，成年，直接
从童年进入中年，壮年，晚年。他写下小说，诗集，
但没有人能翻译成其他语言，他必须保护智齿走天下，
用剩余的智齿保留的语言同世人交换一首诗

的新分行，新误读，新典故，
仿佛天使的语言可以被人类复制。

2012 年 7 月

麦德林的天梯

最初只有一个人，天地不分，向上亦即向下

我身体轻飘，四肢伸开，水母一样移动，我
眼睛四看，周围只有光，身体膨胀，变成
一些神经质反射，
我眯眼看我喜欢的身体的每一种颜色四散，
每一次四散后新反射的光，
深绿，浅绿，橄榄绿，柠檬绿……
我分开，
从塔顶落下，阵雨一样落下，每一滴雨
落在地上，一粒灰尘，一粒我，
这么多个我在半空飞，在水里游，在田间走，
在树林在地铁站在陆地之间大洋之外互相发短信，
以谁谁谁看不懂的文字，我绞尽脑汁腐烂，长成
卫星天线旁的杂草，蘑菇，
然后将分散在各个屋顶上的我全球化。

我说我爱你用我所有的嘴唇舌头牙齿（包括左上边
最后一颗智齿）我说我爱你用每一个眼神每一个呼吸

每一个懒腰（包括右边那个绣花荷包）我说
我爱你你就是我你说你也登过巴别塔我说那不是你
而是另一个我
我就是这么霸道你不喜欢也得习惯我每天胡说八道
就像巨蟹每跨出一步
海水就震动一下每震动一下就有一些鱼
拼死拼活争吵辩论摔跤我把鱼扔出地球
天上就多一些矿物质，石头，山，我登山呼啦啦
噼里啪啦咳嗽吐痰打喷嚏舌头飞出去变成闪光的字句
从第一页到最后一页都是我拼打出的经文

还有一些未成文的圣经。甲骨文斯斯
文文睡在骨头深处，横着睡，竖着睡，趴着睡，
天梯打着细鼾。

2012 年 7 月

圣多明戈

小城偏远，我知道一辈子只会来一次，
而记下一路险道，深绿色的草，
浅紫色的杜鹃，甚至路边卖可乐的小店……

吉普飞驰，风突然从四面吹来，神奇
的弯曲的没有风向的风。路两边都是悬崖！
司机吹着西班牙口哨，从山脊上驶过——

我在后座伸开双臂，呼啸，走钢丝……

空气中的水晶子，细小的银粉，闪烁
在我眼睛上，脸颊上，仿佛遥远的北极星
长出翅膀，我突然想到你，突然意识到旅行
是一种幻觉，

我们总是在接近即将失去的，行走越快，
失去越快。但又难以克制地不得不加快速度。
即使一开始就知道会失去，也还是不顾一切地接近，即使到了终点也不卸下轻羽，抖掉灰尘——
No！不是这样！一个坐在车上的人掌控不了路线。
我盼望你在每一个路口，把我身上的灰尘当作金子，

就像我此时看着山脉，天空，峡谷，飞快向后
逝去，我抓住每一个飞速离开的幻影——
"你在后视镜里与我同行?" 连风都说：不可能有终点。

也许我从一开始就知道风是骗子，
所以不断旅行，让新的告别减轻旧的痛感。

2012 年 7 月

阿尔萨冈多的蓝蝴蝶

昨晚电视新闻说，LAX 机场的蓝蝴蝶即将灭绝。

只有一周时间了，这些巨大的蝴蝶，必须
迅速产下后代。

它们疯狂飞舞，觅偶，交配，以自杀的速度繁殖——

必须繁殖，蓝色后代，代代相传蓝蝶的天生丽质
不顾性命地拼杀。蓝
是一种气血，性格，几乎与人格一样，具有非道德力量，
停在草叶上就是花朵，植物，风吹不动，只有哪根筋动了
才飞舞，比废物还贱。
必须将细胞分解，词义扩散，所有来历不明的情绪
七天之内消解，必须
直接，在山坡上了当，扒开野草，野花，野分泌物，
不需任何语言表示，直接
用肢体将最后的急切植入对方，雌雄难辨。
只剩一周了，雌蝶太弱太少，
雄性激素必须以花粉精神增生，弥漫，必须废除

四个变态生成期，人类的九月怀胎更不能模仿，必须
在性交之前受孕，受孕之前产下后代，比舌头一动
词语弹出
的速度还要快，必须同词语抢占地盘，
阿尔萨冈多的山头不多，个个环绕机场，必须比飞机
速度快才能生出没有怪胎的小蝴蝶。必须
用（比词语）更高级的交流手段先制造出
种蝶，必须以（比词语）更先进的传播方式传宗
接代。蓝
是一种声波，必须借助机翼四分五散到世界各地，必须
大声小气，全方位地局部展示蝴蝶内部的运作机制。

今晚新闻说，预计下周将有 3115919170 只蓝蝶
（比美利坚人口多一个 0）
在洛杉矶附近的阿尔萨冈多山上盘旋，蝶翅振动的声波
吸引全世界各族蝴蝶来此相聚。

必须像逃地震一样逃离洛杉矶。

一个高个子气象预报员，从得克萨斯出发在天使城
转机，一只蝴蝶飞到他肩上，本来是善意的短暂
停留，因他打喷嚏太突然，而惊吓，而仓皇
而逃，逃的时候一转弯砸到气象预报员的鼻梁，
高个子大骂一声该死的，蝴蝶该死的
该死的该死的飞去，

其他蝴蝶该死的该死的该死的

大众传媒

语言细菌。其实与语言无关只与喷嚏有关,

与所有喷嚏无关只与高个子喷嚏有关,

与所有高个子喷嚏无关,只与得克萨斯电视台

第三频道气象预报员

前天度假时在 LAX 机场五点半打的那个喷嚏有关。

2012 年 7 月

海军基地

穿白衣的士兵,同海浪一起涌上来——哗啦一致
的帅气,及物。他们眼珠凸起,亢奋,同性恋一样
拉着手奔跑,身后的飘带,系着昨夜露水躁动。

岸上,比目鱼瞪着豌豆眼立起,左侧,右眼看一下,
右侧,左眼看一下:这些士兵清一色蒙古人种的眼型,
细长,眼尾勾魂,鼻子是日本韩国缅甸马来西亚

西伯利亚笔直的,扁平的,瘦的,宽的,鼻尖多一点
缺一点的细小差异。
比目鱼扭起秧歌左一眼,右一眼,最后干脆把左眼挪过来
双目齐看,看不出诧异。比目鱼坐下,用小鱼翅扇开士兵
军服里冒出的一股汗味。
圣地亚哥军港,海军的肤色一律涂上金黄,太阳下
如同克隆出来的诗,雄伟,批发价个性——
后西班牙帝国时代,后殖民写作,倾力摆出的阵势

浪花一排,唰地整齐退下,只有少部分留驻沙滩。
留下来的升官,喷发胶,清一色盖茨比名牌。

港湾的女人，不敢出门，害怕莫名其妙的暗流袭击。

夜晚，海滩上爬满海豚，黑压压一大片，比白天的士兵
还要多，肉身挤在一起蠕动，扭动，翻动，
如同机器人写的诗复制品，只有性冲动，没有情欲。

豌豆花一样的比目鱼跃上灯塔，用手翅撑开豌豆眼，看
这些高加索混血物，皮厚，粗光滑糙，巨大的身体
如同长诗组诗先镇住黑夜。比目鱼不敢睡觉，
睁大小眼等着天明——

晨曦中它看见这些号称吞噬了东西方大小鱼虾、乌贼，
甚至还有艾略特级别龙虾的海豚们
鼻子全都一样，比海陆空三军向国旗行礼还要全体一致。

2012 年 8 月

圣地亚哥

去海边的路上，看见半空中一个小女孩
手里举着一根火柴，划着的一刹那
点燃她的眼睛——那里面栖居着无数光和影。

那是四月，一个阴天，我把车停海湾，
天上飘落起细小的灰尘，我摇下窗
伸手接住，往上看——小女孩已闭上眼睛——

她坐于一叶书签，悬浮在空中，
右手还是举起的姿势，最后一根火柴
没有点亮太阳，但她面朝太阳应该升起的东方，

仿佛是一种祈祷，给没有火柴的我，一点希望。
她左手的盒子已空——我接住最后的灰烬
是埋在沙滩下，还是吹一口气，制造一点幻觉？

那是四月，往前开，是一大片金盏菊，
无论天晴还是阴雨天，它们都是自己的小太阳，
落下的花瓣肥沃土壤，第二年又开出假象。

是生命，就会死亡，安徒生的火柴
将过程延长了几分钟，就像我明知诗不会长久，
还是每天写一些句子，照亮不完整的日子。

2012 年 9 月

旧金山，或诺贝尔后代

在旧金山官方养鸡场，你养殖了一批先锋小老鼠
其中一只很聪明的，你抱进实验室打一针山楂汁

肥硕的身体立马变成婴儿胚胎，未成形的小嘴巴
哭喊着投错胎好辛苦，你又打一针秋海棠，胚胎

退化成毛虫一样的细胞，在显微镜下绽放，争艳
你取出来放太阳下细看，细胞们立刻缩回成花苞

重新妩媚地绽放，你捧起来撒到施过肥的养鸡场
花朵立刻分裂成花瓣，东西迎风招展，眼球一样

滚来滚去，凋谢后直接轮回成花蕾，无心无肺地
绽开，开成碎片，没有骨血和灵魂，不到半小时

养鸡场已是细胞海洋，涌动起来各个方位都好看
体形介于植物动物之间，以开花的方式无限繁殖

延伸到太平洋，然后以青蛙的姿态跳上岸，直立

行走，打哈欠，一不小心说起人话，自报出家门

父亲诺宝儿（遗传学），母亲诺贝儿（实验室）
名字依次宝，宝贝，宝贝宝，宝贝宝贝，二进制

冲锋陷阵，对陆地和海洋均不迁就，对整个地球
具有最最先进的杀伤力，不留退路地揭露，批判

抽三星级雪茄，吐乌烟，然后恣意批判烟的香味
坐五星级马桶，拉瘴气，然后汪洋批判气的体味

然后一泻千里，毫不留情继续拉，然后噼里啪啦
虚虚实实为马桶开脱，为体气开脱，为人性开脱

花眼看世界，比人类更洞察人性，最后花拥而至
向最高处一小撮人求爱，匆忙中，脱下一地鸡毛

2012 年 10 月

纽约，或桑塔格隐私

相机这个阳物，穿过历史
这个女人，尖刻，残暴，或优雅
身不由己，光线，角度，焦距……

男人拿起阳具
联邦，共和，权力自慰

女人拿起阳具……

桑塔格在浴缸
桑塔格在病榻
桑塔格在咽气
一百美金一睹桑塔格裸身
一百美金一睹死亡的姿势

我心惊，惊诧莱博维茨
一脸"职业"神态
这是爱的意义
死亡的力量，她说

我心痛，痛骂安妮·莱博维茨
艺术隐私界限不分
疾病已超出隐喻
她扬起相机，"这是我的虚构!"

我注目桑塔格受刑
她反对我阐释

论摄影，反被摄影"论"
有如诗人死于诗，死于诗与诗的纠结
诗集边角露出奸尸的快感

鸟死于飞翔，还是不停地飞

桑塔格飞起过，落下
一缕白发，连焦虑都带着柔光

2006 年、2012 年

34

画　面

飞鸟落在树上
仿佛梨挂在枝头

树永远在原地，不知道
是等飞鸟还是等梨

她从远处看，一些鸟
被风吹来吹去，一些梨
被风吹熟后
飞走了

黄鹂鸟，黄梨

黑眼睛
枯树

2012 年 10 月

旅行归来：南瓜季节

南瓜汤在炉子上炖，香气四散
告诉壶里的南瓜茶，时辰已到……
天黑了，你点亮窗台的南瓜灯
橘黄的烛光照醒房间里的小生灵
南瓜糖，南瓜蛋糕，南瓜馅饼
南瓜泥，南瓜粥，南瓜饺
甚至连冰箱里的南瓜奶酪，南瓜冰淇淋
也加入南瓜丝、南瓜片爆炒
柜子里跳出南瓜饼干，南瓜鞭炮
南瓜小马车，南瓜燕尾服

最大的南瓜置身窗外，像一个小和尚
囚禁在地里，唯一未切开的生南瓜……
红月熏照，蛙声四溅
等积满泥土，便成了更大的南瓜巧克力

2012 年 10 月

秋天，或某种告别

进入秋天， 就意味着退场
我索性退到空中。回头看
熟悉的事物，横竖都陌生起来

你的嘴唇，像一条船
在海面上平行，气息是一张帆
每次呼吸，就晃动一下
把眼睛切割成眼光，眼神，眼力，眼花

我如飞鸟，迷失于错觉缭乱

高处已无退路，我向内心俯视
这个季节的声音都变成一种决绝的姿势
风斜，落叶倾，过了中秋
连月光都每分钟倾斜于完整之外

2012 年 10 月

北京行（组诗选二）

失 语
——给詹妮弗·克诺罗弗特

风是一只乌鸦，一张口天就黑，就变，
它从正面朝我飞，抓住我的眼睛
我的喉咙，我的声带——
一支呜咽的笛子，每一个气孔
都被气象堵死。

风曾经像树一样有根，长在自己的地里——

失去母亲风是枯叶，拽着母语在空中飞，不知道
朝哪个方向
才能找回绿，或任何颜色的外衣，
只好聚积乌云，朝内部旋转，把胸口堵成隧道——
强装电闪雷鸣。然后是死的，无词根的，裸露的树桩。
然后是烧焦的回音，是羽毛，
举重若轻，
是空，是我从黑烟之上看之下的我，是我的眼睛

看我的瞳孔。

草螺，或奥吉芙放大的图像

一双眼睛，从深草里向我一瞥，
痴呆而混浊的目光，如同两朵白内障
朝我移动——步步逼近，发出
异样的波长，错乱？猜度？敌意？整个山坡
作为黄昏的背景，在我眼前失踪，

只有这双眼睛，无限放大。

通往海边的路都是黑色的，我在明处
与暗中窥视的"白内障"对视——螺旋体局部敞开
雌性的预谋，几道裂口
像鱼尾皱纹，对称于心计，
那缩进草叶的部位有几分匿名的神秘感，
两片小舌一抖动，射出雄性的污浊。

我退后一步。"眼睛"消失，两只硬壳
仿佛两颗门牙，虎视，却无神，守着
合不拢的渴望——嘴的形状。山坡由背景变为最生动
漂亮的脸，蚂蚁从牙缝里爬出。

正前方是海，是风，是无边无际的时间，是呼吸。
身后是小木屋的门，里面发出老鼠和远古的蟑螂
打架的声音。我到海边避暑
忘了带上猫，忘了这里长年无人烟，已失去生态平衡，
忘了这里已变成没有红披肩的角斗场。

晚霞就要沉入海底，我没有充裕时间
打扫荒屋的里里外外。也许该从车上
取出帐篷，在坡地上宿营，面对海——
夜里，听这些介于眼睛和牙齿之间的小动物
发出接近于人的独白，与我为伴？

2012 年 9 月 11 日

南非行（组诗选五）

警　犬

机舱过道口，警犬的眼睛。
我停下不动，后面的人都进去了
我还是不动。警犬扑过来，
我闭上眼睛——它好像碰到我，嗅
什么？我记不清怎样走进机舱，
怎样找到座位，怎样坐下，魂未定，
撒切尔去世，中国学生遇难，叙利亚
又驻扎美军，世事不安宁，
警犬的眼睛像某个人，但我想不起是谁，
它嗅到我衣服，皮肤，还是心里所想？
如果我现在安宁过去，没有什么后悔，
世事都已过去，谁负谁并不重要，
要么你在，要么你不存在——
从加州春暖花开，到德中雪天，南非的秋天，
一天走过三个季节，
如同被旅行洗礼一次，事
已被洗清，只剩下有和没有，

生命不长于过道，窗外是已迈过去的云，
警犬嗅到我曾遇到过极限，那双眼睛是神
在提醒我，每个人都可能是恐怖分子，
谁先惹谁已分不清，每个人心里都有只狼，
闭上眼，一切有变成没有。

大　鸟

我一眼就认定你在这个季节出现
不可能是普通的鸟。你个子太高而驼起背，
但行走如飞，长途巴士上
我从聚焦镜中发现你，在路边荒地——
据说你有盲点，但在四月，南非的秋天，
你一眼就看见我正在看你，
甚至有可能（我越来越相信）是你先看见我——
就这样互相看着，感觉真好，

空气是透明的，无铅的，很快就是冬天了，
我带来一件很厚的大衣，
你有一层更厚的羽毛（你已习惯季节颠倒），
我们将隔着电丝网，取暖，
分享北辕南辙的故事——趁现在还是四月，
风还没有刮到这里，雪还没有下，
你愿意听我先讲吗（我已经四个月没有说话）

你信不信我每次出门都写日记，随手翻一下

四年前的字，哗地全都飞起来，一排黑字
在空中飞——四月是从冰箱取出西瓜，切成方块
装进大碗，用两只叉子吃，
有时候你的叉子会不小心送进我嘴里，
快吃快吃，很快就是冬天了——
四月是将床单晒在光线上，一只青鸟落在花格子中间，
一格一格有节奏地跳，直到床单晒干，
快干快干，很快就是冬天了——

我们在积雪的十字路口分手，我摇下计程车窗，
上午十点的光线，落在你脸上，
"快走快走，不要后悔"——房间到处是箱子，
你说很快就会搬家——
原来你到了南非，我不哭，你也眼睛眨都不眨一下——
分手就是远行，快飞快飞，
趁光线还在，照亮我们眼前的岔路。

天　堂

昨天我们去了天堂，只有半小时车程，
一个没有门牙的老奶奶坐在门口对我们笑，
一群学龄孩童在臭水沟边玩耍。

鲍勃与我们每人握手，热情，熟练，他说
他已在这里工作了二十年，
每年都去巴黎或者柏林演讲，他说
这里没有学校，没有医院，没有电，
他指给我们看他的业绩：阅览室，图书馆，电脑……
我问没有电怎么用电脑？他说发动机发的不算。
阅览室漆黑，图书馆成套的书没有人碰过，
我问"为什么你来二十年了还没有学校？
一个老师就足够了，为什么你不自己教孩子们？"
他说他是指天堂没有学校，他在天堂工作了二十年，
孩子们长大，到附近去上学，这里阴沟积水，
苍蝇蚊虫乱飞，政府不派人来治理。

参观完毕，带队的诗人霍里说，马上举办
音乐节，让全世界来看一看阴沟积水苍蝇蚊虫。
这里曾经是种族隔离的黑人区，无论谁当政
都无人过问，现在的黑人政府也腐败了。
我还是不理解，二十几个诗人，一天就可以清除
积水垃圾，为什么要把时间放在参观上？
"历史，必须让世人知道。"
但是住在展览馆的活人生病了怎么办？
一位本地诗人说黑人的伤太深了，无法消除，
为什么不能像犹太人那样展览？
我理解，我同情，我说都怪你们的前辈没有
拿起枪反抗，把殖民白人

44

杀死，赶走。德国诗人迈克尔发现

一张旧身份证，上面印着"有色人种"。

非洲人分为白人、黑人，其他都是有色人种。

今天早上我们参观一所穆斯林学校，

校长说只要是穆斯林，不论家庭收入都可以来上学。

清真寺一色的孩子们坐满大厅，平等地嬉笑，

听我们朗诵，仿佛一群天使，

恍惚中我看见不用开枪的自我种族隔离。

摇　篮

流动诗歌节，白天游览，晚上朗诵，

当地诗人总是比诗歌团更出色，

他们一边背诵一边表演，穿插故事和音乐，

而我们照本宣科，显得十分乏味。

今天从约翰内斯堡出发，去看五十公里外

斯泰克方丹岩洞，人类的摇篮，

世界文物一级保护景点：三万年前的古猿人

在此出没，比周口店早了一万年。

门口是第一个直立的脚印，

考古学家断定，人类祖先诞生于此，

从南非，迁徙世界各地。那么殖民的祖先

也在此地穿过树叶，吃过野草？

我们在岩洞里时而曲背，时而爬行，
一个紧跟一个，害怕恐龙复活，
高个子迈克尔总是往前挤，
生怕落在后面变成化石了没人知道。

导游举着手电，指点古时江山，
口中不时背着台词，突然他指着岩洞上方，
让大家抬头看一个化石，形似玛利亚，
手中抱着耶稣，原来伯利恒的马槽在南非。

诗人们开着玩笑，问我有没有发现孔子，
我说不如我就地牺牲，成为化石，
考古学家们会发现我，绝对是有色人种
之黄种人的骨骼和牙齿。

俄耳甫斯

在南非，去林波波途中，
司机给我们十分钟下车买水
和食物，而我直奔冷冻柜
买冰激凌，解渴又充饥——你突然现身，
我刚咬了一口的草莓冰激凌

差点掉地上。我很节制，
已经很久不吃零食，不大白天幻觉了，
这一次司机命令我们多吃，
好不去注意路程遥远。图米是跳芭蕾的，
改跳现代舞，义务为诗歌团开车，
心情好的时候还为我们朗诵伴舞，他说
食欲是一只蝴蝶，不要给它吃甜的。
已经迟了——我呆望着你深而黑的眼睛，
有亮光的鼻子（这光来自哪里?）
紧闭的嘴。我伸手摸你的耳朵（也许是你的翅膀，
你展翅就能听见我的语言?）
一松手，草莓冰激凌飞落在停车场，
粉红色的冰块在五月融化得有点不知所措，
我不回头也能感觉到又该告别了——
我不回头，那些光点就会一直尾随在车后。

2013 年 5 月

津巴布韦

整个夜晚我都不敢睡，怕错过一颗星坠落，
天这么低，这么清晰，干净，是你用洗车窗清洁剂
洗过的吧？我知道每个人都有一颗星座，
不属于你的会落在荒野，属于你的会在你睁开眼时

看着你的眼睛，但我还是舍不得睡，
第一次见到天这么低，这么近，只有津巴布韦
的高空才有这样的低度，和清晰，让我看清我
的影子被车轮碾过时留下印迹，从南到北，
在唯一的一条公路上——

步行走过林波波桥之后，我不再害怕
前后都是持枪军人的盘查，Limpopo 河在下，
苍天在上，爱情都是谎言；津巴布韦在前，
南非在后，只有一路步行，没有退路——

穿过国境线，跳上长途巴士，北上，经过古图县
的一些村庄，天空在这里几乎接近地面，
星星多得就像是村里的果树，清晰得让你

想伸出手，去摘树上的苹果。任何地方的肉

都一个味道，只有水果具有差异——
津巴布韦的人把水果种在天上，每一棵树都是
一个星座的影子，每一个为你摘苹果的人都是爱人
的化身，但没有第二个人会陪你去死，你也不可能爱
第二次——只好在星光下对视，说两句无关紧要的话

2013 年 5 月

杜塞尔多夫

莱茵河边一位七旬老人
每天早晨五点就背着行李
把小船划到河心，又划回来，
似乎在等待什么。我想起
伏尔加河上的纤夫，他们都有使命，
把自己的命运往前拉，
前方是什么不重要，只要哼哟嘿哟
就能一起抵达。而我今天无事
一身轻，哼着《山楂树》
骑自行车到河边，希望看到恋人们
成群结队蜂拥而至，陌生人的爱
总是能温暖我的记忆。但老人说
这里曾经洪水冲过堤岸，冲走了许多人
梦中的婚礼，他指着屋檐边的水迹
说那一天洪水到来时，恋爱中的人
都无准备，只有夜里睡不着的孤独人
逃命而去。他活下来了，但
更加孤独，连回忆都是除了洪水

再无别的。我问他是否记得儿时的歌，
老人的眼睛里突然有了一点光。

2013 年 6 月

几乎所有的天使都有翅膀
以及一些奇怪的嗜好

下午两点钟的光照进教堂的窗口时我正在
祭台上祈祷一样念诗，你知道我从来都记

不住好听的句子，连一首完整的歌
都唱不完整，所以这个时候你知道

我只能重复我曾经说给你听过的那
几句话，那几乎是咒语

一样在这个圣洁的地方让我忍了三个月的眼泪
终于流了出来。灰尘在光线中跳舞这些小天使

来来回回跳，仿佛光的瓶子打碎了，它们不知道
朝哪个方向逃所以顽固地重复一种姿势仿佛重复

是一种仪式仿佛重复可以失去知觉仿佛重复可以
制造奇迹。但下午两点钟的光，倾斜度十分有限，

我情不自禁跪下——
我最信任的钟声偷走了我的爱情，而这些灰尘

试图抢占伤口的视线，它们欢快地给我盐
它们欢快的姿势仿佛轻易就可以吹掉我曾经对你的爱

并且仍然以奇怪的方式爱着，时间仿佛是灰尘的姐妹一样
来来回回否认，来来回回也飞不出眼前的光圈——

2013 年 12 月

东行记（系列诗选六）

但 丁

夏天与我们寝居一室
田野吃掉你香裙的色泽

      ——勒内·夏尔

穿黑衣的男人从梯子顶端走下来
手里举一盏旧式煤油灯
该你了，他说，把灯递到我手上
然后消失……一点黑
扩散成一片，整个夜晚都是他的眼睛
而我看不清是怨恨还是祈盼
该你了，他说，他已受够了磨难
但我不知第九个台阶引向哪里
命运从来没有给过我任何暗示
往前走，夏天和我寝居一室
夜风吞噬我袖子 领口 头发 灯芯……
我走进一个漆黑的庙宇，中堂一棵树
花都谢了，他教我如何从树叶来辨识

然后我们到了山上（记忆总是不按顺序）
迷路了，我们选择一条从来没人走过的路
最后从一个陌生人的后院翻墙，跳下去
他先跳，然后接住我，时间停止在那里——
我躺下去时他忘了告诉我他已经死了五年
如果要算生命周期，还要加上九个月……
该你了，他说，前面的日子是明亮的
你死的时候永远不会是夜晚
即便是，举起灯，让我看清你的脸

2013 年 7 月

塞浦路斯

那个冬天之后，拂晓便成了传说，
光与光阴总是互相切割。她其实很想
彻底挣脱。希腊国歌，希腊语，
不过是表面形式。但即使删除了所有
形式关联，希腊神话的阿佛洛狄忒
无法不永远属于这个岛屿……她已独立，
但千丝万缕的牵连，如何一刀斩尽？
希腊之前与之后的，都不足挂齿，
即便是希腊，她也在步步远离，地中海上
她是一只马头琴，琴头朝着相反的方向——

她早已独立，但北方又被土耳其占领。
柏林墙塌了，三八线已是国界，
世上的恩怨都了了，唯独她还分裂着。
她不仅内部分裂，还要带着创伤
与故土决裂，而谁也不知道究竟发生了什么，
凤尾兰，龙舌胆，薄荷，香草，
没有一种植物可以麻醉被隔离的痛，
但从一座孤岛，变成孤零零，
她并没有失去什么，阿佛洛狄忒跳海的一瞬间
就知道永远不属于海鱼，即使飞起
也不属于飞鸟，她是异类，独立于任何形体，
只活在你醒来之前的几秒钟。

2013 年 7 月

阿莫多瓦

这个村里的女人编竹篮子度日，
打水一场空对她们来说不是奇迹，
捞起水中的月亮，也不稀罕，
她们的身世，足以使编篮子比编故事
更具有吸引力，任何故事
都比不上一村子寡妇
为同一个男人守墓而来得稀奇，

她们每一个人都认为自己最爱那个
躺着不动的男人，每一个人
都以篮子的式样独特而出奇制胜
暗自欢喜，举起来，光线一视同仁
透过篮子的缝隙照亮她们的脸，
她们不怕露出憔悴——最憔悴的最伤心，
最伤心的用情最深，最后一个
与他同床共眠的女人，必须装出沉痛的样子，
直到清明这天，她们把竹篮子当孔明灯，
淡橘黄色飘摇半个天空，她们才发现
村外还有别的女人也同她们一样，祭奠
这个躺着的男人，她们穿一色的葬礼服，
口中念着形形色色的咒语。

2013 年 7 月

伊莎朵拉

飞起，像光一样飞起，不需要翅膀——
我在梦里这样想，一扬手，
竟然把天上的光打碎了。
我坐在光的中间，像一只鸟的岛屿，
四周是我孕育的海水——
我把手放上去，它们不反光

也不折射，我抬头，从后视镜看你
——我用孤独塑造的乘客！
我坐在驾驶室，如同光的妻子，
或棋子，
你用我引诱你最后的黑暗，我用你复制
我最初的快乐——六月金盏菊，
投射到七月，满地都是菊影——
上帝说要有光，只有光才可以把时间拉长，
而飞鸟猛烈撞击水面
也不如我轻手一扬，就把你藏到影子对面——
原来我是这么多光圈，光线，光点，
我爱上每一个我自己，其中一个说"你伤了我"
这么多我我伤了哪一个——
醒来后才发现，我戳伤了月亮的眼睛。

2013 年 7 月 11 日

我的右拇指

一开始就是离心的，像奇西岛，
悬立在佛罗里达的西南边——

我开车过去，发现那条细长的公路
把小岛与美洲连接起来，

是个大错。有的东西生来就是孤立的，
比如我的右拇指常常不合群
地自己翻书，翻日历，翻地图，
我知道它想出走——它一直想出走，它从我胸口
游离到我手边，现在连做手掌的边缘
都觉得是多余的。
而我的侄女非常喜欢它，我让她猜中指
她总是抓住我的拇指不放，
她才一岁不到，在她眼里，我的右拇指
抵得上全部的可以给她无限惊喜和忘我的快乐
的玩具世界。

今天早上我去买肉，肉铺老板说明天会有海啸，
我不信（为了我的侄女我坚决不信）
他说没有海啸他就自杀，有海啸就砍掉我右拇指。
我站在那里发愣，似乎一下被海水淹没——
右拇指终于离开我，像一个岛屿，越来越远，
越来越小，小到渺小而完整，完整到完全不理会
什么是孤独地面对整个洪荒——

整个世界离它而去（互相放弃），甚至连它曾经唯一
有点牵连的我的身体
也弃它而去了
水下——我呛了口水，用左手摸右手，拇指不在了——
它曾经是我

手上（很小）的一部分，
我用来翻书，翻日历，翻地图，
有时我翻过它来仅仅只是看看我的手掌（据说手心连着心）
离开我之后，它突然大于我整个手掌，整个手臂，
整个人，整个地图整个世界——
我举起失去了右拇指的手
向上举向上举怎么也够不着它——身体撕裂了，
心脏不过是泡沫——
而它高高在天海一线，一个巨大的小不点在水面上浮动，
天地重新开合，它很小，小得几乎是一切，小得几乎
大于整个人类都在对我说，四月已过去，五月是一切
重新开始，我应该找回出走的或是我丢失的
一点点信心——
就像我的小侄女举起我的右拇指——
她举起我的右拇指对我没心没肝地笑
呵呵地笑啊笑啊完全不知道她自己也有一个右拇指。

2013 年 5 月

凡·高

朋友凯弟住在山上
把房子漆成橘黄色
每次我从外地回来

看见那棵醒目的"橘树"
倾斜在坡上，我知道
离家不远了……直到
今天，那棵树倒下
（它不打招呼就去世了）
露出根，我才发现他
一直没告诉我的秘密
原来也是我心里的祈祷
——在阳光下蜷缩
在巨大的阴影下，用自己
根部的水，浇灌枝和叶

2013 年 7 月

墨西哥城：空街，空巷，空鸣

——给帕斯

1.

在你的眼睛和我的眼睛之间
一只鸟，来回飞，牵引
共鸣

2.

黄雀是一次秘密行动
把东方偷运到西方，西方偷运到东方
冬天筑巢，春天鸣叫

3.

多年前我收藏过一声
当书签
偶尔翻看它还会张口

4.

一只鸟，一个视窗，一个盲点
一条盲线
我闭上眼睛，一阵耳鸣

5.

我摸黑到了西方的西方
在这里东西不是东西，春天到了，词语飞向诗
句子乱向

谁举起北斗星，谁就是正前方

6.

你转身向后，挖掘十七世纪太阳石
就像艾略特发现玄学派
而我身后是帕特森号叫

7.

今天早上天空朝下
我一阵眼鸣

车水，马龙，视我不见

一朵云，像一张脸
起承转合诗歌风向，一只鸟
向我招手——

一只肯德基鸡脚，掉到北京大街上

那张照片我忘了带走，留在异邦
木瓜，芒果，奇异果，番石榴，连香味都是噪音

你的呼吸，一只新月
你的眼睛，翅膀轻轻

而你说玛雅就是神农架
屈原坐在金字塔，你的视线中，一排亲鸟
向我俯冲——

2013 年 11 月

圣卢西亚回旋

小诗·行板

我喜欢想象一架飞机在高空

被另一个星球的引力

吸进去……喜欢这样的小事

偶尔发生，喜欢降落是一种升飞

喜欢从卫星图像看加勒比海

那么小，圣卢西亚是一条细细的线

喜欢降落之后发现一个岛——

一张地图被打开，风把我推进一个虚拟的三维

棕榈，香蕉，柑橘……

还有人的立体

等在机场，"不许中国人上岸！"

我喜欢这样的待客方式，喜欢这样笑出眼泪

我喜欢每天早上坐在旁边看书

听海浪，等立体喝完咖啡

再聊天

天可以无限大，也可以无限小小到一张桌面
空气像绸缎，蚕丝在飘
"不许说中国话，我们这里不养蚕"
我喜欢这样的幽默，喜欢这样每天笑出眼泪
喜欢这样四处安静，只有海水
和眼泪落下的声音

我喜欢害怕幻听幻视，从一首小诗
看见小时，消失，消逝，几个词语 海浪一样波涌
海是一碗水，一只鸟在低头饮
而另一个方向
是蓝天，是看不见底的鸟的眼睛

2014 年 4 月 8 日 组诗选一

占领巴黎（组诗选二）

急诊室

在巴黎，我们头顶九个月亮
满街寻找阿司匹林

药房说这个季节吃任何药
都不管用，空气会蒸发，每秒一千迈

诗歌市场，米歇尔叫来救护车……

姜心心面色淡定，说有点超现实
我则被现实一起拉到医院
随即被隔离
女护士二话不说将他衣服脱光（事后道听）
推到床上，"躺下!"
各种仪器乱扫一遍
等我被叫进去时，他不病也病了
面色苍白，云状，一颗心状物体悬在病床上空

"我想逃走。"他说
我一看他血压 168（吓一跳）
就说走吧，出门左拐
医生进来大吼，走吧走吧别忘了把心摘下
我们抱着 X 光，化验单，处方
以及心
签了生死书就离开

计程车开到河边，把我们扔下
他躺倒，晒月亮，把心放回心。我数桥上的心形锁
风在呼啸，仿佛左右心室
在互搏
草地上有马尔克斯的味道
几乎一百年
七条鳟鱼游上岸（谁画的？我盘子里失踪的？）
想着想着一不小心手一挥，鳟鱼们抬起姜心心
游走了。等我终于摸回家（其实同时到达），他
已坐在客厅
仿佛宋朝书生的事，与他无关
光头和粉红裤子举起 iPhone，拍下错过的险情

每天晚上 iPhone，iPad，i 相机，各自忙碌
反刍各种法式菜谱，没料到中国胃和中国心
水土不服

今晚没有世界杯
我安心睡大觉。早上太阳光流进四个窗口
三颗心脏在巨大的客厅里游动
系着古董探险队云彩
敌机在窗外飘，地铁声、火车声、汽车声、自行车声
一梭梭子弹飞过……
九点钟太阳偏移，心脏们变成苹果、梨子、樱桃
安静在餐桌上，进补煎鸡蛋
(我梦游时煎的)
我戴上墨眼镜走出右心室，不好意思做了一个连环梦

据说心脏越小越健康
我找出 X 光倒着看，把胃看成心，被黑洞吓一跳
所谓诗歌交流，也是颠倒一下视觉
震撼，生病，急诊

花神咖啡馆，雅克说好好好你们都回去（吧），把心
留下继续交流，护士会包扎好
明年寄回中国，按尺寸认领

一条冠状动脉，从敌后方偷渡回京
复查结果，医生说你出门带错了心，这颗严重受损
姜心心回家查看玻璃缸，几条血管正在开合
吞吐光、阿司匹林、月亮、走私品——

拱廊街

米歇尔带我们逛巴黎心脏
走着走着走进一条老街
走着走着只见他打开一把锁，说
这是他家，我们惊讶一下
然后不动声色进去
不动声色坐下
不动声色喝茶，然后大动声色
笑，拍照
老兄，怎觅到这等妙处？
宣纸堆到屋梁，光点瀑布而下
他笑而不答，请我们吃饭
然后带我们去拱廊，害我们
在十八世纪十九世纪之间穿梭
在高眉毛和低眉毛之间
幻想一切都是自己的收藏
晚间夜游，在公寓里也走起 S 步
整夜在巴黎市区绕来绕去
其实第一天还没出门我们就宣布
"巴黎是我们的，不是海明威的！"
我们每人占领巴黎一角，一个人三间卧室
外加两间浴室，自己写上男女，轮换使用
门太多了有时串错，比如第一天晚上我
推开壁橱找衣架，榨菜 A 和 A 嫂

赶忙躲到床下，然后忘了应该回到哪张床上

再比如榨菜 B 和 B 嫂每天坐在高脚凳上吃早餐

眼观三个房间的电视

外加中文频道。粉红裤子晨跑回来

从大门口直入，手里捧着刚烤好的面包

骗光头和姜心心，说是世界最大跳蚤市场淘来的

路易十八

吃过的那种，不用抹黄油

吃完早餐我们在客厅修了个临时凡尔赛宫

贴上门牌号，免得挤车去参观冒牌的

然后抢着洗碗。从客厅到厨房

是一条香榭丽舍大道，有时我们走左边，有时走右边

出门时每人带三把钥匙

五张免费地图，十张没用过的地铁票

巴黎是我们的，从一开始就是，与海明威

没有一毛钱的关系

2014 年 6 月 组诗选二

北加行：风马牛不及（十首）

优仙美地

7月初独立节长周末，驱车北上，沿途就在想：北美这么壮观，为什要去欧洲？最后来到森林公园 Yosemite（优仙美地），就地扎营。

路的两旁，是两片不相连的金黄地
两群不相干的马吃光了草
夕阳下
风吹着光光的地，没有草丛向后倾
只有山在起伏，马的臀部

要有光。于是马吃光了草
要有草。于是牛也在吃

路的两旁，是金黄色的地
牛吃光了草
只有我和车的影子向后倾

山坡起伏，牛的胸脯在飞扬

要有羊，牛羊的羊，也是阳光的阳

要有阳光，要有阴影
于是有了光，和光的光阴
我一路踩油门，很快把体力消耗光
要有水
于是有了水
而我身在水中不知水为何物
身在神话中不知神为何物

其实神有时很细弱，是眼光
眼神，眼睛，眼睛里的水

琼　楼

大漠中，一个未修好的希尔顿
挡住视线
我来不及试用五星洗手间
在三人宽的水床上
倒下就入梦
半夜坐起，我看见我在五环之外
四肢蜷缩（双翅卷起），肚子痛得失去知觉
分不清心口、胃、腹部
醒来已是三更，自做热水瓶，敷衍了

事，打发自己上路

我出门带翅膀，但从不敢使用
怕同类认出
异类排斥
而你的表情不温不火
有时扮演人类
有时扮演上帝
我还记得第一次见到
你
鸟身上揣着云的翅膀

Sierra Nevada 山脉

土地肥沃的，扔什么长什么
但没有人扔苹果
一千元罚款
贴在每个路口

树林绿绿的，长什么落什么
但没有落下月亮
月亮总是在树枝的上方
不管露营人头侧向哪一方

我总怀疑有熊
造访
但夜晚和早上一样安静

只有风
和风的行迹

林木工的脸上
是风砍下的刀痕
想施耐德也曾在此
走过一排树，又一排树
任由它们生长
他只负责爬山，走路
手上无所事事
脚下生出诗行

要有风
于是有了风
但风不生风水
要有故事
于是有了事，生出危险事故

熊

每天都是不列颠的烈日

车上的水果香

四溢

终于有熊冲过来——

我用水果挡住眼睛

熊伸出爪子拍打车

我用水果遮住脸

熊用身体撞击车

我把水果放进衣服（豁出去了）

熊看不见水果掉头就走

对白衬衣不感兴趣

对水果味，只感了一下

我早该知道雄性动物

受视觉诱惑

有一天我举起相机，招引光

诱惑视觉

Yosemite Falls　（优仙美地瀑布）

风生

水起

山脉落下

凹进去的，土著女人

阴户奔涌着风
和马
和牛
和不相及的时辰

海德公园
我用冰激凌蛋卷屑
喂鸟（上面还有冰激凌呢）
鸟看都不看一眼
连眼角都不斜视
而刚才那个男孩喂面包屑
鸟的脖子伸成天鹅

我想停车找个草地坐下
分辨蛋卷和面包的区别
路的两旁，金黄色
动物吃光了草
我来不及看清是牛还是马
只看见风
吹走了蛋卷屑
我哈哈啥也不在乎
其实鸟吃不吃蛋卷屑都是次要的
它们看见我隐藏的翅膀
不与我分食

风生
水起
翅翼落下

凹进去的，印第安土著女人
一弯腰
生下一个黑眼睛男孩

要有树
于是有了树
要有松鼠
于是有了那双专注的眼神

剧　场

山围成一个圆形的古希腊剧场
水流出一些漂着的睡莲和小桥
我开慢车
带着刹
突然意识到左腿上有物体在靠近
一种温度
一种气息
神在那么远的地方靠近我
"别怕，就这样很好"

要有光，终于有了光
要有影子，终于有了光的影子（只有鬼魂不留影）
我打开身体，把心肝胃肾摆正
坐直
等待天明

此时此地

黄昏的时候
我路过的每一个人都是金子
但我拾金不昧
又把每一颗金子还给黄昏
有的人总是年轻着
好像没有被风吹过
"你不能像爱我一样爱风"
我听成你不能爱我
也不能爱风
生活像句子一样被打断

我与生活的关系是姐弟式的
亲而不近，近而不亲
早上公园开门
我希望每天等候的那个人是我
"摧毁我的心魔，占有我整颗心"

玛丽娜

她的名字，是一个符号
行为
行为
行为
在蛇形艺术馆前
再长的等待也是一种蛇行

Hide in Hyde 大隐隐于海德

一夜间我长成一棵树
早上醒来
从帐篷顶探出头
给我光
于是我有了光
给我水
于是我又一睡不醒
这个长周末，我在 Yosemite 国家公园
找到一块私人领地
此处生根，彼处冒出
来回路途
闭眼深呼吸之间

你说戴上耳机听到一种杂音
而我戴上耳机，立刻与世隔绝
我只听到光的声音
"光光快过来！"
她鼻子上的汗珠，是我儿时全部的知觉

红杉树

有些树死了一百年
还站着
周围的小树围着
它们不怕日照
月亮晒
它们根部粗壮
空了也还有空架子在
它们树皮结实
什么飞鸟啄食都不怕
就怕被路人摇醒
发现自己已死

2014 年 7 月

曼陀林边，月亮卧在水面

在圣卢西亚，天空低垂，海水清浅，
稍一眯眼，浪花和星星就串成一线。
有人坐在那里看海，看着看着眼睛看成蓝色，
到了夜晚，蓝色后面一朵水花，一朵火苗。

十一点了，你还没有睡意，说为希尼干一杯。
几个小时前在你的庆生会上，你让我们
朗诵自己的诗，仿佛是为我们庆生。
我举杯，希望你的下一个生日快点到来，

又怕时间过得太快。抬头看月亮，好奇怪的样子！
东半球和西半球，月亮都是左右开斜，
而在圣卢西亚，月亮上下开半。
布罗茨基曾经感叹，现在是我们惊呼：

是否天空太低，潮水的引力
使月亮倾斜？你说是我们太乏味了，
月亮早早就寝。（你曾对着白鹭说
飞走吧，书已经写完。）为了读你的新诗

我们忍受幽默。在机场，你说这么多人住哪里？
我说我睡游泳池，塞林娜睡海边。
车开到你家，我说我家到了，先生，你来这里找谁？
你笑出眼泪，问中国人是否都这么霸道，

我说我在飞行中已经异化，
我有哈瓦那的头发，牙买加的皮肤，海地的四肢，
晚上我站着睡眠，跳一种太极舞，
为你省一张客床。

第二天下午，我在石凳上看书，看着看着看入迷了，
你从卧室窗户，给我偷拍了一张，
背景是草地、落日、和落下的果子，
你说日本浮世绘，怎么留下这样的败笔。

晚饭后我给你剥柚子，心想着蒙汗药
报复一下。一盘月亮摆到桌上，你要大家都吃，
但不等大家动手，你就自己吃完了。
夜里鼾声四起，只有你是安静的——月亮把你托起。

每天早晨，我们到装满海水的游泳池边，跟你道早安，
用十二种语言，有时我还假冒韩国、越南、埃及话……
我不知道这样的日子于你有何意义，
而我们，会用一年的时间消化你的笑话、慷慨，和父爱。

2015 年 2 月 14 日

去见乔伊斯

我们手里握着金子，太阳穿过
投射在我们脸上的，是光，是哈哈大笑，我们松手
酒四溅，如水鸟飞出窗外
电车顺着山路颠簸，把英语自动翻成意大利语
山下是大海，红叶
风铃在响，耳语，手势

一下车就是尤利西斯
为我们指点异乡的街道
我们抬起手，铜像后面竟然是布鲁姆的手
还有他眯缝的眼睛
你在看什么？你在看什么？三个黑发女子
围着金发的荷马——
谁是姐姐？谁是妹妹？布鲁姆不高兴地走开
他说他已经秃顶，不跟瞎子争风
我们跑过去搂住他，安慰他，一群人走进乔伊斯家
风真的很大，讲解员的话成了漂亮嘴型
奥德修斯一声口哨，我们冲出门
飞奔

海边。我们拍照，与风摔跤，与陌生人撞满怀
我们唱着五种语言的贝拉乔，冲进一家咖啡馆
我们选择靠窗的座位，看街上行人呼啸而过
形形色色，形形色色
而我们纯洁得如同墙上的钟摆
天黑时，我们坐上同一辆电车
沿着同一条山路，回到同一家酒店，同一个餐馆
打开同一个菜单，灯光下
流着花不完的时间和金子

我们在一个世外桃源
工作时间干活，休息时间闲荡
用不完的公款，没有东西可买
对面的钟声不是提前响了
就是忘了敲
每天天不亮我们起床，围着一只螃蟹喝咖啡
晚上喝酒喝到深夜，有时候乔伊斯来看我们
不相信我们没有恋爱
白天我们互译，打着各种暗语，手势
哈哈是奢侈的，嘻嘻也是奢侈的
工作坊结束后，不舍也是奢侈的

2015 年 11 月 组诗选一

加勒比海，歌谣

1.

整个冬天我都在等

走了十六个城市，五个国家

走走停停，等了又等

在东部，我看见河上的冰，想象冰下的世界

然后看见开河

噼里哗啦，持续不断的巨响

仿佛我们的骨头，在我们身体内开花，宣布

冰川期结束

新石器开始

青铜来了

稻米来了

陶器来了，China 的我来了，

你张开温馨的双臂，颤抖，落泪，却冒出一句笑话

我哼了一首儿歌，童年迅速到来

歌词一句也想不起

黄河谣，长江谣，一路谣到外婆桥

2.

开河。开花。开饭——?
你喜欢我做的香葱糯米餐?

关门,关灯,关帐——?
帐外是你的油画,老希尼在月光下走动
帐内是我的梦呓,象形字在水纹上漂动,千面晃晃

3.

五更天亮,涛声,鸟声,鼾声
你在酣睡,我和 Olivia,Yvonne,已在海边拾贝

泳衣,裸足,散发
拾着拾着我们拾进水里
拾着拾着我们浮在水上,头枕浪花

一会儿太阳雨,雨花,眼花
整个大海属于我们三个人,我感觉随时会被浪冲走
然后失去知觉
然后醒来,成为岛上的一朵野菊花

4.

几只黑鹭

几朵荷莲

几顶太阳帽，几张白帆

候君兮兮，黑白流盼

5.

Piton 岛，啤酒袅袅

切蛋糕，切生日的分分秒秒

椰子黄了，蝴蝶绿了，曼陀罗花开了

校友的孩子长大一岁了，紫色的罗望子果满是山坡了

6.

你突然说要教我们写诗，要和我们一起
去长风沙，青梅竹马——
惊讶的目光。辰光。long long wind 沙——
在鞋子里，眼睛里，眼睫毛之间
鸟在海边，安静地听我们聊天
暗号照旧，沃尔科特冰激凌，外加 green green plum

岛上的蚊子总是盯着我咬

文字也不屈不挠

我写吊床，吊床上空，繁星低垂，世界渺小，时间渺小，念
　想渺小

我写乌鸦，飞鱼，天河遥遥，飞语了了

7.

海马每天晚上在蓝色中睡去
海马每天早上在蓝色中醒来
一去一来，星辰陨落
一去一来，彩虹升飞
我不知道这样的相聚还有多少次
年年此时
年年此地
有一天我会因葬礼而来
这个大家庭会有人搬家
搬到一颗星座上起居，那里也有大海，小岛，飞鸟

我梦见我是蓝色的外星人
在地球上栖留，有时在山顶，有时在海边，居无定所
有时在风中，有时在云中，我睁开眼是天亮
闭上眼是夜晚
你睡在我眼睛里，我眼睛里一片海洋

岛屿，岛屿，天空的瞳仁，在水里

每天早上我们寻找晚上的栖所
每天晚上我们寻找第二天从哪一颗星座上醒来

天地之间，牵动，脉动

你愿意做我的邻居吗，我的糯米夫人
我愿意做你的守护神，你的启明星，你的眨眼，
你的呼吸
你的蓝色，你的静默，你的马耳朵，你的马蹄，
你的万马奔涌

我在我的海里奔涌，上下起伏，
海水淹没时我骑着彩虹从海底升起

8.
生死之间，如同昼夜颠倒
白天消失的星星，晚上夜行军赶到——

如许多的幽灵，在这里，李白，莎士比亚，马洛，但丁
奥登，帕斯，布罗茨基，希尼
他们在游泳池边为我们朗诵

游泳池里注满了加勒比海的海水，我们搬出椅了

请他们坐下

然后我们开起了晚会

帕斯用西班牙语赞美我们的凉拌圆白菜

布罗茨基用纽约口音的俄语赞美我们的比萨

希尼用古英语赞美我们的工夫茶

我把冰箱翻遍了，做不出无米之炊，第二天一定要去超市

第二天我真的去了超市

他们之中的最后一个人不放心，然后说

"记得买椰子汁哦"

然后跟钟点工说，记得提醒她买椰子汁哦

然后又跟司机说，记得提醒她买椰子汁哦

天哪，大海的波涛原来是絮叨

我们外星人虽然不会右边开车，但买椰子汁的功夫

还是有的，我挑选了最老的椰子肉，

最新鲜的椰子汁

外加草莓葡萄橘子香蕉苹果李子

然后每天晚上我们读诗，争论，吃水果，喝茶

莎士比亚跳起新疆舞

要我们把游泳池拆开，和大海连起来，于是我们走到

海的中央，把希尼举起，高高举起

他说他不想当月亮

他说他想住在一颗流星上，时不时划落在加勒比海边

他说他不介意我们住他曾经住过的客房

他说他喜欢住在风中

9.

你说你也喜欢住在风中

风说

是生，是爱，是四下静籁

10.

鸽子湾对面，有光，有海，有隐隐约约的喜马拉雅

有雪山，有冰川，有番石榴暗道

有神女长袖一甩，开河啦，开花啦，开饭啦

大西洋佐料，太平洋味道

生姜，生葱，黑芝麻飘飘

Himalaya Himalayas，路途迢迢

有靠近，有迷失，有错过，有远古今生，天荒地老

2016 年 2 月

音乐疗法

（2012 组曲诗精选）

海 顿

我们走了三天三夜，把幸福大本营
远远抛在身后，我的小单间
没有上锁，你的行军床也忘了折起，
一定会有人偷偷溜进去，进去
就不想出来。我们应该在冰箱里

放很多食物，幸福不能分享，
食物可以。那么小的地方，留出那么多
让他们想象的空间，仿佛我们开创了
奏鸣曲时代——九平方米之内
我们引进对位法，和声，呼吸多么明亮。星星

窗外的神殿，还剩半炷香，长廊里
黑蜘蛛的逃亡路线，被你一手截断。
没有退路，也没有侧路，
我们就这样走啊走啊，天快亮了，
莫扎特还没上路，贝多芬还没降生。

威尔第

东方，一朵巨大的茶花，你在雪地走，
红色风雪衣，如她的嘴唇，在开合，
你走近呼吸处，又返身，走向
她下颚的悬崖，你走下去，轻如舢板，

前面是风，是水，是冰，是一切没有光色
的流动，你继续走，那么细微，那么弱，
是虚晃一枪的子弹，是杀人
不见血的潜台词，是虚词，是介词，

是一切形容词都失败了，你还在找那个
没有使用过的动词，它不飘动，不振动，
只是一点点移动，悄无声息，
又如呼吸一样笨重——死亡翻过身来——

茶花的脸，苍鹰一样高远，缓慢地飞，
如恋恋不忘一次贪生。很多人翘望，叹息，
只有你走过去，并回来告诉我，
那里很白，去时多带一件花衣。

肖　邦

你被一场大雨困在这里，你知道雨停之后
必须离开，但此时你困在这里
全身不能动弹，隐约之中有种药性在扩散，
这是一种陌生的信号，但丁的眼神，波德莱尔的气息，
艾略特的嘴唇，都消失了，他，手一挥
就把你切成一堆黑白方块，你忍住痛，
任由他将你掀起，又抛下，直到你裸露在空气中，
雨水，顺着他的手指流进你的眼睛，
一群蜻蜓飞过，无色翅膀煽起你全部的情欲，
你向诗歌求助，给我理性，给我词语，给我表达，
但你说不出一句话，只剩下粒子
曲伸向远处的一点光亮，暗物质在你身边浮动，
你需要巨大的力，破解它们传递的信息
或许并没有一场大雨，你和他坐在车上，
在路灯照不到的地方，你固执地不让他走，
但你一着急就说不出话，只是伸出手
抚摸他的眼睛，他的眼睛，他犹豫了很久
才无意识地扳下来，捏着，捏到你手指痛，
你还是不说话，他终于放到嘴唇边，

半小时后，他踩动油门，向北开去，
一路上，你握着他的右手，
他用左手控制方向盘，开了四十分钟，
并用三倍于四十分钟的毅力，抵制你的手指
传递的信号，第二天早上阳光饱满，
照亮他房间的纸箱子，分手的时候到了，你没有哭，
你相信这样的偶然，超过命运的安排

或许一切都没有发生，你一个人开车，
听着《雨滴》，想念一个从未见过的人，
路边闪过金色的罂粟，你打开车篷，
让阳光照进来，这是一月的冬天，
圣地亚哥海面，翻卷着白色浪花，
你戴着墨镜，以为那是钢琴在流动，
你伸出手，敲打那些看不见的键盘，你想在黑白之间
寻找一个安全岛，你拼命敲，车速加快，
加快，从异乡到异乡，只隔着一条海，
你想栖居于海上，每天触摸浪的频率，
你梦见小时候在山上挖荠菜，那是雨后，野蘑菇
开出一朵朵漂亮的花，"别碰"，你收回伸出的手——
你并不知道毒可以通过手，波及全身

德彪西

她每天干繁重的体力活，把身体掏空，
晚上，她在无人的马路上骑单车，
然后松手，做飞翔状，有一天她真的飞起来了，
我路过，接住单车，看她在城市上空飞，
天亮前，她落回我身边，没说一声谢，骑上单车
就走。后来我每天等在那里，为她守车，
再后来我们成了忘年之交，她说挣脱了地心力之后
可以听见很多声音，很多平时听不见的
美妙声音，她说你看，我把它们带回来了，就在我手上。
她说一口流利的汉语，月光下我看见她的金发，
就是看不见她手上有什么，我急得差点哭起来，
她说别着急，你需要摆脱掉很多东西，才能看见。

莱茵河畔，我搬进她的公寓，晚上睡地铺，
看她悬在天花板，给巨大的植物浇水——
她书桌上有一盆两米多高的植物，沿着窗户蔓延，
半夜，我看见海水从窗口流进来，慢镜头一样
轻轻盖过我，
那些植物像海草一样散出淡淡的咸味。椅子动了，

发出奇怪的金属声，衣架走到门边，又走回原地，
飒飒，飒飒，一顶小帽子在水中漂来漂去，叮叮当当，
我眼前五光十色，如秋天的野外。
早上醒来，我赶紧坐起来深呼吸，房间里
空无一人，桌上有封信，"请你每天为我浇水，
不要偷看我抽屉里的东西。"

一股巨大的好奇从心底涌起，我想打开抽屉，
但又怕见到潘多拉，毁掉整个城市。
每天夜里我躺在地铺上，盼着海水或者月光流进窗户，
然后有一些奇妙的小矮人在房间走动。
就这样，我囚禁在异乡的一个地下室，每天守着奇迹。

马 勒

她种花，浇花，采花。日子像花
一样美好。她与世无争，守着自己的色彩。
长期不说话，她已无法辨别声音，
你去拜访她，说的客套话，也像花一样

飘过去，落在地上，没有回音。
你看着她，只流泪。
这位老妇人，年轻时爱过一个人，
那时候她不知道怎样爱，每天同他吵架，

如今还是吵，只是换了一种方式。
她白天平静，种着自己的花园，
晚上写日记骂他，骂得狗血淋头，
第二天用这些血浇花，所以花长得好看，

她眼角的鱼尾也同花一样，灿烂。
而他在远方，过着清淡的日子，诗中的波澜，
点缀他窗台上那只安静的猫。他有他心中的爱，
不与人分享。他用眼睛接触世界，

也用眼睛忘记她，他不准备让恨污染语言。
他的世界也有花，但与草木飞鸟
构成和音。而她的每一朵花（话）都是一个巨大的噪音，
把她自己振聋，"我掐死了每一朵爱你的花。"

一天黄昏，园子里长出一朵一人高的波斯菊，
她脸色苍白，回到房间一病不起。
他听到一声忏悔的安息后，合上手中的小说
走出门外——窗台下魅影缤纷。

巴托克

为避免近亲繁殖，我以陌生人的身份
来到你身边，让你大吃一惊。白天
我上花果山，采集新鲜露水，为你
配制香草冰激凌——全世界都知道我爱你，
但我不知，爱为何物，一到夜里
我的打击乐就从床底下发出怪异的声响——
露水情人，胆大也做不了室友。
我曾迷恋过勃拉姆斯，牧歌般的气质，
但我变起心来六亲不认。而你的耐心
总是超过我的洁癖，我被你深深吸引，
每天给你写信，杂乱无章，你一目十行
把我的梦呓读成诗，而我一听见
雨人里尔克，就耳鸣发作，惶惶不安。

科萨科夫

在灵感面前，我节节败退，
我总是把狼狈不堪留给自己，
把辉煌推给你，而你谦让，
把东边的鸟煮熟了，喂给世界
的边，fair play，play fair。

我拥有一千零一个天方掩护，
我的野心带领伊万的军队
从最黑暗的后方包围你，歼灭你，
投降吧，举起白旗，说
你始终爱。升为友情的是温开水，

升为崇拜的是凉开水。而这些火鸡
费尽心机，把夜谭推翻，筑成
醋坛。在海军后花园，我看见你
若无其事，追捕一只黑蝴蝶，
它刚打过吗啡，在一片叶子上

东逃西窜，你向它走近，走近，

原来是只野蜂，bumble bee，
我幸灾乐祸，举起相机。这是下午茶
时光，离 China 很远，亚洲的鸟
都已破腹，院子寂静，古风缓行。

柏辽兹

对付贫困潦倒，我有三种武器，对付疾病，
我有强力去痛片，对付误诊，我一筹莫展，
不知该留下几句废话，还是不告而别，远行，
或是关上门窗，把你从头到尾再听一遍。

五岁时，我会模仿一种声音，它先以光谱
出现在我眼前，我用手去摄取，如同你
在纳博科夫山上扑打幻影。累了我就坐窗前，
阅读树上的密码，父母不在时我就爬到树上

仔细看树叶的纹路，我对那些线条的兴趣
与后来阅读你一样，不是为了识别，而是
为了感知，它们给我的信息和五线谱一样多，
和你的眼睛告诉我的一样丰富。我不能

选择我家窗前那棵植物（桑树），但我把蚕
带到教室，就注定了后半生的选择。
我们一起去圣彼得堡，克拉科夫，维尔纽斯，
我的手指点一个地方，我们就飞到那里，

这种神奇功能别人不知道，我只有在点你
的穴位时才灵。而我的手被切断……
树死了，可以从根部再长一次，直到树叶长出翅膀。
我也成长过两次，一次在童年，一次在你身边。

李斯特

放完羊，他疾步赶到镇上的面馆。老板娘
递过来的烟具，仿佛竹筷，或西洋笛，
顷刻间，光雾弥漫于睡眼间——榻前明月光，
疑是炕头白晃晃，那温润，那水银
般的哗啦时光，啊一双，扣一排，
异乡的异香，流放于不逊色的仙境故乡，
"李白，李白!"高扬的季节，
坡地上的桂花，从低凹处向外，四散。
霜霜是她的乳名，与他胜负难分日食月食
亲密或战争，舒坦得像一对山贼，
欲穷千里从一个个焦虑的高度
滑下一串低音，事后像一个潜逃而去的难民，
脸上保持一种表情，犹如保姆的歉意。
历史善解人意，地点始终暧昧于抑扬之间。

埃尔加

死了这么多。一夜之间落下的清晨全部死
去。它们只能死，只能死，没有容身之地，何以这样
不堪，回首望去，不过是一千零一个名字
向白天走去，你已看见，看见，我还会再
来，再来，在你和太阳都不注意的时候，但不再纷纷
落下，而是侧身，在屋檐下，树叶之间，电车飞驰时
你等在路边你眨眼你呼吸你呵气说今天
真冷啊。大海就在附近，去年开过的花
今年又要开了又要开了开成一大片，风
无法消解我
这么多件外衣，我颜色变幻无常，
形体无踪，你看见的只是速度，我其实和你一起
在路边等着，心平气静。
我叫 Yngwie Malmsteen，有时叫枪花，有时叫皇后
波希米亚狂想，加州旅馆的午夜，那个神秘
的声音，和谁一起舞步？我已死去，被 Slash 一把摔碎，
剧场人山人海，相信我重金属，我只看见
一个人，虽然我有很多睡衣，很多花名，比雪花还多，
你打开任何一夜（页）都可以走进我的天地，但其实我
没有天，只是两亩地，隔着一汪海。

斯特拉文斯基

说男欢，女乐，无非是战场转移，
劫持，劫持——的游戏白试
白爽。我性无能，爱也无能，喷嚏
咳嗽浮肿水性，所有相思你一个眼神就摆平。
说男权也好，女权也罢，谁也过不了爱
这一关。你说要革新，必须革新，起码要革
新形式。内容呢？风格呢？命名呢？怎么
确信我爱你？镜子里是她
幽怨的眼光，牙缝里挤出的不在乎，杀
机四伏。柔弱是幸福的，绝望是
狠毒的，我看见她如同看见你所有的尴尬和苦笑。

巴赫的美德，在空气中振响——共鸣
共享，共乐，共前院后院共一江春
水倒流，水做的身体美轮美奂，多声部啊浮雕般的复调
无限浮吊，无一独特的音调。杂货铺老板娘
见异思迁思万千地望着你，异国太阳，如同望着
所有的无望。
而你最终背叛，与诗同归，与天意同尽。这
样的夜晚，战栗是无序的，荒山古庙，罕见香奈尔。

瓦格纳

蝴蝶向她飞来时，并不知道
色彩斑斓的翅膀会令她着迷

它们飞过来，铺天盖地，春天一样
势不可挡，以风的速度

扑过来，不假思索地劫持她的视线
和爱慕，它们扑向她的眼睛

和左心房，它们几乎看见了她
的眼睛和心思，但不知道她一伸手

就可以一把捏死正在飞翔的爱
它们不知道，她可以因为迷恋

而轻易地制作一个美丽的标本
它们只是飞，不顾一切地，飞

向她痴迷的眼睛，如同飞向葬礼

它们没有回程票，赌徒一样单向飞

以敢死队的迅猛，投下催泪弹
她不眨眼，而是以惊人的固执

抵制它们的偏执，诱惑，她已看清
漂亮的轻纱翅膀下，狰狞，丑陋

恐怖的破蛹，变态，也看清
它们飞起的秘密，她手臂随时准备

伸展——她将以更迷人的颜色和
姿势，以标本的精神，向它们反扑

2012 年 1 月（40 首选 12）

新寓言诗

（2011—2016 精选）

海伦之月

你身世迷离，有人说你是地神的私生女，
有人怀疑太阳外遇。辈分问题，始终被乱伦。
只有你的外表，无疑。但关于你如何靓，
怎样才更靓，百年来争执不休。

各路英雄手持金苹果，抢占话语山头，
但谁也无法猎取你，于是
有人诅咒你下半身，有人诅咒你胸部，
有人诅咒你面部发红。你清白，

超身度外。特罗伊之战因你而起，
亲生父母与养父母也大打出手，何况兄弟，
何况爱人。你圆润但不平滑的表层，
预示了只要接近你就会形成一团不平静的混浊。

你大气，置之不理，或远距离周旋，
不即不离，不偏不倚，周期性地牵引
地面上的潮汐。口语浪和书面浪轮番涌动，
而你自身的引力强度却被忽略。

每天夜里，你的化身悬挂到天上，
供英雄们揣摩，谁在朦胧与清晰之外，
绕开你身体外部的亮度开关，
而发现你的空壳本质，你会奖赏

一杯清酒，让他或者她独饮。
你空心，等无心的牧童敲出声响.
你等了一百年。
你在暗处等，死不瞑目。

2011 年 11 月 纸月亮组诗选一

碎　月

月亮被刺。鱼惊诧不已。意外
事故每天发生，但鱼不相信自己会失手。

月亮死了，为太阳而死，死得轰轰烈烈，
一声巨响，落下一地碎片。

没有人听见。没有人看见。直到夜里
人们按时起床，出门，才发现

月亮失踪，地上只有鱼的鳞片。
时间又从零年开始。地球穿一身光亮

缓慢地转动，像鱼的右眼。太阳每天反射
地面之光，像鱼的左眼。世界不再是

A 追 B、B 追 C 的空当游戏，
人们踩着碎月，过着齐全的日子。

只有鱼伤心欲绝，哭出一颗眼珠——

人们以为是新的月亮。

但那悬挂于空中的鱼的念想，
不再对天地构成危险的自杀/他杀关系。

于是地球人又开始早起，晚睡，
并颂扬太阳的光辉来自太阳内部。

2011 年 12 月 组诗选一

雪

夏至这一天突然下黑雪
早班车上男人穿风衣，女人穿棉衣
藏着凶器和裙子——邪恶善变

中午雪更大，乌压压一片
空气失踪。大风起
黄鹂鸟在树间飞舞，相互用耳朵接吻

第二天下起一场金色的雪
全城的人张开嘴观看，用眼睛呼吸
光线饱和，落月在海上悬浮

第三天的雪是透明的
人鱼戴上墨镜——阿拉丁雪花，猫眼石一样闪动
圣经里的句子，飞来窜去

我睡了三天三夜，罕见六月飞溅物
心跳失重，上帝也偏移
醒来后一眼看见：但丁！

2012 年 2 月 7 日 组诗选一

红螺寺外

林中一个女人疾走，树上长满眼睛

蔑视她脚下落叶的声响，她撩起耳边乱发
继续走。迎面而来的风，也长满眼睛

轻视她头巾上灰尘的节奏，她取下，弹掉，
继续朝前走。早晨的雾气更是长满眼睛

鄙视她白衬衣上露水延绵，她快步，甩掉。
地上野蘑菇仰视她蓝裙子上的光点！她抖掉

这些随身小道具被太阳一出来就反照的光影，
加快速度，拼命把韵脚韵步韵律从

鞋子上踢掉，她已戒酒戒诗（新旧一起戒），
一心只想快点穿过林子，或走到林中空地。

这么多视线盯着她的身外物，没有一双眼睛
看她从哪个方向进场，朝哪个方向退下，

她胸前两只挂钟，被时间拨动后
东西南北古今中外九个方向转，不停

吹着她朝前走……很快就是正午，
她身上的衣物耳环一件一件落下，

她无法停止，只想在十二点走出林子。

2012 年 9 月

1917，橘树与飞鸟

倾斜的树上，飞鸟栖落在橘子之间
相安无事，对称于 1840 年以来所有的碰撞。

他背对着我，摇撼树，一时间
飞鸟坠下，橘子飞起，打破空中的禁忌。

留美归来的青年站在树下，寻思哪一种姿势
才是美德。他环抱大树，似乎树的体积

可以裁决飞鸟落在树下，是否满足了月亮
对地心力的猎奇，
橘子高飞，是否在飞翔中为鸟寻根，

飞的无辜是否受到光线牵引，为谁飞，怎样飞，
最后是否决定世界飞向哪里？

他背对着我，用力摇，直到树连根而起，
所有的力都加入时间，与历史纠结，

拒绝的，接纳的，上帝与恺撒
不可调和的，都把橘树劈开又缝合，直到鸟再次飞起

已不是原来的鸟，橘子果肉，橘子皮，橘子叶
插满鸟翅膀，甚至连翅膀下都是橘子汁的味道——

而他已两鬓灰白，如一只百岁鸽子，在树下
与自己纠结，是鸟飞向橘树还是橘树飞向鸟？

                                    2013 年 4 月

四月之谜

四月神秘莫测，对于乔叟是甜蜜的，对于艾略特
是残忍的，对于清明是寒冷的，
对于我是温馨的，你不只是一滴水而是整个水域，
我不只是一个伸向你的手势，一花，一草，
一个屏息，一个跃身就是想念你的整个世界。
从哪里跃出？梦中，还是冥想？
一条黄花鱼疑惑前身是金菊，与劈开又合上的桂树，
野合的蜕变——
一个浮出就是玉兔，而哪里是你隐居的水宫？
你离开的那一天，我单薄如风，转眼
身体沉重，行走艰难，但全身是母亲的喜悦。一个生命
延续另一个生命，死亡
不过是把天地、星月，神魂颠倒一次。

2013 年 4 月

家　谱

从前有个森林，我的家族是一棵树，
头顶十个太阳，每天夜里燃烧——
奶奶睡不着，每天后半夜生一个孩子，
直到把树叶喂光。

爷爷不高兴，捡起树枝赶太阳，
一气赶走九个，留一个悬在空中，每天讲故事。
从前有个故事，太阳一到夜里
就躲进树桩，早上爬出来，看我年轻的奶奶——

神农架的女人，躺着像座山，
血脉旺盛，养过许多孩子，
太阳着迷，无法将火热的注视
从她身上移开。爷爷气疯了，想杀死

最后一个太阳，一不小心闪电中风，
永垂了。天空裂开——我家
倾盆大雨一万年，所有的孩子淹没于洪水，
变成水葫芦。奶奶终于站起——

她站起来竟然那么高，一身香气
堵死了天上的洞。洪水走了，天下安宁，
太阳又升起，用浅黄色的光，照耀我奶奶，
一照五千年——日复一日。

日复一日。奶奶觉得无聊，用黏土和碎石
捏人，捏出许许多多，太阳的皮肤，夜的眼睛——
八八六十四一把撒出去，日夜繁殖。
其中一个是我父亲，

唐国杂种，辈分混乱，
他饮酒，吟唱无中生有的月亮和女人，
他苦闷，感叹风沙和灰尘。
从前有一棵李白，头顶没有月亮，

他用力一想，月亮就为他升起。从前有一株杜甫，
身边没有河流，他画一条，黄河
就在平原流动。他又画一条，长江
就在天上奔涌。古时候的河，上上下下

全都听他的——他手一挥，
河水就一起向东流，流入东海，
连风和芦苇都朝一个方向摆动——他觉得无聊，
回家务农，把天地切成方块，种起水稻和小麦。

有天晚上我母亲从月球上，沿着梯田走下来，
一身茉莉，发出织女星的光，
父亲迎上去，但不知用哪一个名字
面对她。犹豫着。母亲继续往下走，

一袭白裙，拖着百年孤独的光。
她伸出手碰一下我父亲——我从未见过他——
我母亲触碰他的一瞬间，
他变成石头，不朽了。从前有个石头，

那里的人野合，只需用手触摸，或用眼光对视，
眼光，眼神，眼力，碰一下
就生，就死，就爱，就生死不相往来——
这个月亮上的女人，生下我，如同点亮

一朵野菊——我睁开眼，看见她，在自己的光里
看见她往上飘，飘回冷寒的高空，手抱断弦琵琶。
我的名字就是琵琶，一种光
两个源头，互相擦亮，互相弹响

死不认账——死不安宁。我来到一个新国家，
到处都是巨大的石头，石碑，石像，整个春天
是死亡的气息。我抬起头
一眼看见我母亲——

四月，天空低垂，我闻到她的呼吸——
她的琴音
坠落于山坡。异国的山坡，我写太阳，太阳升起，
我写月亮，月亮不再消失——

我的甲骨文，我的象形字
点石成花——这个季节，死亡不会再死一次——
每一棵树上的花，都开出眼睛，看见
我祖先在野菊丛中——他们不死于

我的肤色。肤色总是有阴影，阴影之上
总是有棵树，树之上总是有光。
每一棵树都有阴影，然后是
光。

2013 年 4 月

四季油菜花开的地方，反城市

我喜欢对着远处的田野发呆
喜欢在各种形状中看见一些妙不可言的身影
比如云朵中的父亲
油菜花开，飞舞着兄弟姐妹
延绵的山脉，母亲孕育我们的小腹
我喜欢在夕阳中看见一个触手可及的寓言
幻想第二天会有一个新的神话
诞生，而每天都是同一个太阳
照在同一个山坡上的同一片青草——
终于有一天我脱下羊皮
走进城里，穿白夹克，戴深墨镜
城里人抱怨交通事故多了
空气严重污染了
最帅的帅哥与某姐私奔了
这些跟我其实毫无关系，我低头离开，
回到山坡，远望那个被叫作城市的山寨
看那些似是而非的人
庆幸我不是猿人进化，我不需要大楼、工厂、医院
我的山坡上有百种花蝶，千种草药

有一尺厚的绿床，天然的窗户、窗帘、花环、屋檐
对面山坡上的牛，随时会横穿凶多吉少的马路
向我一挥手就柳成荫的宫殿冲过来
我们无视人间流言蜚语，一起看流水、飞燕
瞬息就是落日，新月，看萤火虫带走的光阴，蚂蚁
爬行的雁阵，看天空旋转，海水泪涌
金星火星你我眼中对视的瞳仁

2016 年 3 月 26 日

一条为艺术而艺术装死的金鱼

他嘴里还有紫菜、石花菜、海藻、海草的气息
皮肤上的金色光泽正在褪去
渔民说这是一条出色的鱼
热带
体制内的鱼
主流话语的鱼
官方鱼
都市鱼
猫鱼
草鱼
殖民地租界新共和鱼
关怀现实，接地气，具有人的生命意识的鱼
独立游到异域
赢得花花姑娘的喜爱
美丽的身段
美丽的鱼尾
美丽的眼珠
为艺术而政治，为政治而艺术的声线
错落有致

如鱼子在水中均匀撒开

唇齿，鼻尖，耳根都是痛感

此时他收拢五官，缩小体积，一动不动

像一条灰白的带鱼

等待新的海洋季节，光合，珊瑚

2016 年 3 月 27 日

橘子柚子柑子拨浪鼓，金挑子诗学

剃头，面相，命名，
兼带"磨剪子戗菜刀"，
现场感，及物，接地气，认路，
中南海，四合院，弄堂，庙会，
任重道可道而远。
算命先生的远见，天文学家的精细，
哪面鼓敲得响，立得起，
经看，经摸，
运筹帷幄，引力波。
兼具博古通今的哲学家诡辩，
诗可诗，非恒诗；名可名，非恒名。
信男善女，
日出而作诗，么么哒，
日入而不息，灵感来了就是任性。

2016 年 3 月 28 日

坐在一棵反个人化写作的菩提树下

西班牙格拉纳达的某个黄昏
我们坐在阿尔罕布拉宫对面的台阶上
看夜色之前的色变
樱桃，石榴，山楂，草莓，西红柿，朱砂
这些赤色分子怎么去比
金星一闪而过的神秘色彩，橙
金盏花，瞬息而枯的黄
葡萄藤的绿
青海湖的青
子夜天空的蓝，和天空下的鸢尾花
紫椰菜的紫……

花果嫁接也挡不住星移斗转的季节
我们喝一种很淡的花茶
看街景，每一个敞开的窗口都通向一个隐私
每一盆窗台的花
都是为了挽留过客短暂的一瞥
我们聊着若有若无的天
天之下也许是三里屯，纽约，新奥尔良

一个时辰可以有四种时差

四种菜系

四种果味

我没有写那一天的菜是什么而写想到了什么

金黄的油条，油饼，面窝，欢喜坨

不比对面的晚霞

缺少色彩的温度，和日落后的温凉

一个人在树下可以看见两个季节

花开即花落

两个人在树下可以看见同一个阴影

飘过

2016 年 3 月 28 日

一首诗同爱情一样具有三种
不可预见性和歧义性

我们三人在大厅碰头
然后向河边出发
路上行人在动漫画中行走
风吹动他们头顶的云丝

河边停着很多辆自行车
孤儿院一般
酒吧里挤满了魑魅魍魉

博物馆，艺术长廊，圆顶教堂，风驰而过
我们用三小时走完了一个夏天
风很大，我们走路比十四行诗还美
整个城市像迷魂药一样

十点，天黑下来
我们找了一家餐馆坐下
蜡烛点亮，碰杯——

时间停止在那一刻就好
天空突然像我们蹚过的河，乌云滚滚
一群细小的银鱼
不易察觉地低飞

独处三分钟比酒杯的意义略微多一点
是重逢，也是释怀
我只迟疑了一秒钟就醒来

房间里窗户开着，有人刚走的气息
云像刀片割向一双眼睛——
我深信不疑，这是一场达利策划的梦
我身体里飞出一只猫，尖叫一声

2016 年 3 月 29 日

137

图像诗

（2013—2015 精选）

鸟　岛

鸟鸟

1.

鸟是岛的飞影，

or

岛是鸟的阴影？

从我的方向看过去

岛是鸟的眼睛

在水中，看着我的眼睛

2.

有段日子我昏昏欲睡

就像这座岛

在水中安静得连水

都感觉不到

一只鸟飞过山顶

我突然清醒

山下蜿蜒着我的身体 四肢 河流

我整夜睁着眼睛

黑蒙蒙

就像鸟在水中

的倒影

鸟的眼睛

在我眼睛里睁开

一片黑

的岛

黑鸟唱着白色阳光早上好

从我头顶飞过

它的眼睛里有我的目光

远及我眼所能及的地方

那里是

我的家园 有

可可树 香蕉

而鸟的梦想是远离我 栖居于一个高空

成为自己的孤岛

2013年 12 月 26 日

猫

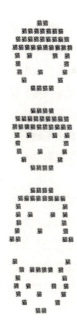

貌似我家有个小毛

出门戴错了别人的小帽

小毛总想养一只小猫

作伴但我连个真小毛

都养不起哪里养得起小猫

于是小毛在墙上画只小猫
充饥今天早上墙上的小猫

尖叫一声，小毛抓起小猫
往头上一戴就冲出门，还以为是小帽
结果一下楼就摔了一跤，墙上的小猫
又尖叫一声，我大惑不解跑出去追小毛
只听身后墙上小猫大声说外面是个假冒
我大感不妙，又赶紧跑回家去找小毛
但墙上只有一只小猫戴着小毛的小帽
我糊涂得像只大猫大叫你在哪里小毛

我常做这样的噩梦害怕醒来是一只猫
没有名字没有语言只会喵喵地找另一只猫
而另一只猫也就是另一个我总是乱跑
害我不得不每天自我寻找自设的罗网像只疯猫
狂抓想象的小帽或更确切地说像只老鼠追小猫

2014 年 1 月

144

海叶集

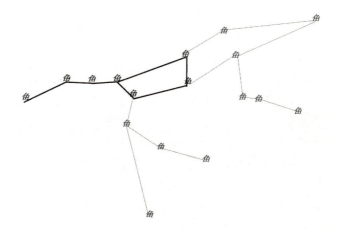

从水的方向看，海是一棵树
鱼，是海里的风吹动叶

你说你和他风水不合，一个属天
一个属地，一个信教，一个对教水土不服

教为何物我不知，出于孝，你走之后我每夜观天
看星象，二十五年了

很多鱼飞上天，有些掉下来，有些留驻，双翅合十
最坚定的那一批，合成了北斗星

如果你低头看我的眼睛，你会看见更多的星
栖息于我的视网膜——它们是一些有痛感的树

2014 年 4 月 组诗选一

汉　口

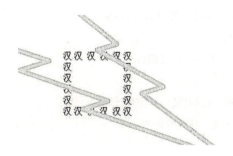

如果仅仅是汉字开口的地方
奥登去了也就白去了，而他
要给不相干的东西一个焊口
于是有了后来的苦肉计

东海是个黑洞，长江是只鸟，汉水是单飞的翅膀……

世上本没有男女，只有人，鱼，鸟
三原色，混合出人人，人鱼，人鸟

夜晚，汉水是一道光
同银河对应出
鱼鱼，鸟鸟，鸟鱼，鱼鸟，鸟子，鱼子，女子，汉子……

患有绝技的王麻子，行走于水面

东海，长江，掉进去也就掉进去了
只有汉水，和那满脸开口说话的汉子
将你托起，让
　　　你的狂野，星月同辉

你的柠檬，你的品红，他的调色舢板
下沉的下沉，升飞的升飞

2014 年 4 月 3 日

地中海

```
地地地地地地地地地地地地地地地地地地地地地
地地地地    地地    地地地地地地地地地地地    地地
地                                      地地
地地地地地                              地地
地地地地地地                        地地地
地地地地地地地                      地地地地
地地地地地地地地    地地地地地地地地地    地地地地地
地地地地地地地地    地地地地地地地地地    地地地地地
地地地地地地地地    地地地地地地地地    地地地地地
地地地地地地地地地地地地地地地地地地地地地地地地地地
```

我假设你还没有完全死

有青草的地方就有你，当然不是羊

有星座的地方也有你

当然不是天

就连我暗无天日的天花板，也有你

驰骋过的版图

你近到，有时候，可以撞到我胸口

任性的时候

西班牙和西西里岛之间

只是你意志和快乐的一半

生快乐，死也快乐

你决定半生不死

让记忆延长，流过埃及，流过叙利亚

流过语言能叙旧的地方
绕过黑山，绕过克罗地亚
甚至绕过古希腊神话——
"哦幸福的金马，承载安东尼的重量"
我们的克丽奥佩特拉
轻叹一声，历史就这样改写了一次

2014 年 4 日

我梦见你如一只壁虎在空中飞

虎虎虎虎
 虎
  虎
   虎
    虎
     虎
虎虎虎虎虎虎虎虎虎虎虎虎虎虎虎虎虎虎虎虎虎
      虎虎
       虎虎
        虎虎
         虎虎
          虎虎   虎
       虎 虎虎
          虎虎
           虎虎虎虎虎虎虎虎虎
            虎虎虎虎虎虎虎虎虎

这一夜，墙壁成为背景

你站立于墙上

巨舌

卷食飞过的蛾子

（你虎视那些不是鸟也会飞的昆虫）

一低头却吃下一只蟑螂

（你发现不是所有有翅膀的都会飞）

吐

也不是吞也不是

你挺直喉咙

151

放过飞蛾，你知道它们渺小
仅仅是飞翔增加了高度
而你从爬行到站直
墙壁把你抬高也把你压垮
只有断壁，才是虎，
但又难逃为虎作伥墙壁的长期豢养与蹂躏
我暗中焦虑（你的作为将是人类的宿命）
你一抖前肢
飞了起来——我不敢惊醒
怕一睁开眼，你
坠回原地

2014 年 5 月

视　窗

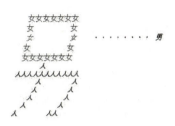

诗人看世界，如同男人看女人

　　　　　　——华莱士·史蒂文斯

诗人看世界，如同女人看男人

　　　　　　——露丝·斯通

从十八米后窗看过去——

公司延绵，像山脉，像云，像我前男友臀部起伏

银行耸立，像他腰部坚挺

货币增值，像他夜里强劲——

拆迁，拆迁，像他扔下的衣物

旧钉子开口，像眼睛，像文物，像男性的乳房

消费高速上，新产品飞驰

像他走路时鼓起风——

呼啦，呼啦，像他胡子拉碴

他笑起来迷人，像天狼星，像紫竹院
十八，十八，使劲吧
女人一天天衰老，我的前男友一夜夜年轻着——

2014 年 7 月；2016 年 8 月

一片树叶说出什么

天问在风中敲打

白杨树，答案枝离叶碎——

一千片白色的叶子

一千张无辜的口

一千种白色的口实

我拾起一片

握紧

如同拥有一整棵树

屈原说一片叶

确实

比一棵树

能说出更多关于树的真相

而唐人说一片叶

可以道出一个秋天

的秘密

而我只看见一片树叶

整个秋天，一片树叶

2015 年 1 月

四月·九歌

四月是四个月亮梳着中分

上弦下弦

同时开花

四月是四只眼睛死死对着，从河的一边

对到河的另一边天就亮了

四月是天亮后月亮下

雨

下进我眼睛

四月是我看不清一朵莲花

冰上革命

垂柳，青丝，白发香草
四月是雏菊
是盲点，是我看不清任何别的人
或神
是我用十指插进月亮
四月是木棉
是大雁
是飞舞，飞翔，飞向
是安静地躺下
是山坡
是草地
是堆满箱子的房间
是一盏灯
亮了通宵，是我
从你眼中醒来
你从月亮中坐起
是开河
是吹箫
是声烟袅袅，危机四伏

2015 年 4 月

四月·橘颂

先有了四月，然后才有这些风，这些鸟
这些橘子，这些碎片

我们并没有冒犯诗神，只是在一起
糟蹋了一些时辰
比如等一个人等了一天一夜，等到星星落了
比如一顿饭从中午吃到晚上，灯光，
目光，玻璃窗上的反光
比如下山迷路
比如到达河边时起风了，我们撑开手掌的船帆……
晚上，异国少妇穿粉红裙子出门，少女八字脚走路
蜘蛛在空中划十
我们在风中走了三小时也没有找到那个庙
烧成那个香……

钟声响了，X 花开了又凋谢了，你说一定要学会看树叶……
最糟糕的部分我守口如瓶，或声东击西

飞机开始下滑，以一种神秘的速度
加利福尼亚越来越近，让人沮丧
那里的人喜欢跳古巴舞，喝墨西哥啤酒
吃胡桃，牛油果
那里的天总是蓝的，鸟像云朵一样迟缓
悬在半空
橘子熟了，想飞飞不走，在树上唱一种拉丁节奏的歌

2015 年 4 月

四月·谷雨

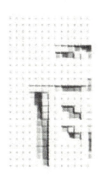

雨季快来了，我又心神不定

远古时，雨是一只鸟

有时飞出天外——越飞远，天越浩瀚，无止无尽

但它总是按时飞回，总在同一个时间

一千年，两千年，三千年，一只鸟飞成春天的一场雨

每天夜里，我朝一个方向睡

一夜，两夜，三夜，我把自己睡成冬眠的植物

我和我的副本，与月光垂直，光

照亮我的千种念想

它们悬在我的身体之上，像海里的浮游生物

不掀起一点波浪

我的睡眠是一种农耕文化

顺着二十四节气，周而复始，像雨一样不注重形式

我把睡，睡成一种宗教

像我开春后打坐的呼吸一样沉潜，不动声色，不止不息

2015 年 4 月

四月·物语

1.

四月是我的四棵柠檬树扭正位置

生活，写诗，旅行，翻译

四月是四颗柠檬果切开，泡茶，每天20杯

异地水质，陌生口音，一场重感冒陪我走过十几个州

今晚在半月湾，明天就快到家了

四月是沿途的橘子，落满吉普，四月是我幻想有四只鸽子

听我差遣

四月是我的家在等我回去

四月是所有的窗口都是光

2.

四月是你的有形和你的无形

你的此在和你的虚空

你的心脏两旁是雄性的乳峰

你的两腿之间是你最骄傲的部位

四月是你在一瞬间消逝，我还在迷恋你的气息

窗外美丽的九重葛开满了海边的小路

几个小男孩尖叫着追跑

风打在有扣袢的窗帘上——

四月是巴黎圣母院穿黑衣的乞丐老太太

在记忆门口举碗

3.

如许多的海水涌过来，淹没窗口的一半

如许多的夏天阴影，提前到来

如许多的光线中有乌鸦在飞翔，乌鸦是年轻的，强劲的

翅膀

划破我的眼膜

如许多的后门让我逃跑——后院是一些幽灵

和几个戴面具的乐手

旅店老板娘和一个阿根廷男子在跳舞，动作暧昧

她的手正滑向他的要害处

"红酒？白酒？"

如许多的陌生人在喝酒聊天，仿佛天是可以随便聊的

如许多的邮件来不及打开，如许多的短信来不及回复
如许多的信息在爆炸，如许多的餐馆在深夜开门
四月是一只流浪狗做温馨的茴香梦
时不时被手机的铃声惊醒
如许多的好消息和坏消息同时到达，四月是闪电，
是阴雨绵绵

4.

四月的东边有一个小岛，小岛的南边有一个庙宇
庙宇的西边有一条浅河，浅河的北边有一座神殿
神殿的四周有桑树，有槐树，有电线杆，有客栈
客栈的二楼有房间，有木床，有木椅，有浴室
四月是苟且，是偷欢
是小心翼翼不说爱，是叙旧，是和解，是从背后拥抱你
闻你肩上的潮湿味，是坐下，是看你的眼睛
是双双站起，是衣衫一件件飞扬，落在地板上
是窗外的蝉鸣，和风，菖蒲，水仙
是一声轻叹你把世界的所有形态带入我身体的空无

2015 年 4 月

汉字神话学

我是我的语言抛下的身影
　　　　　——帕斯

星星每天老去，你还是年轻的，萨拉，
我也每天老去，我的文字还是年轻的，
还有很多探戈没跳完。只差一步
我就和他相遇了，但我终究是要失去的。
昨晚我梦见你把我身体切割，重新组装
成几个怪字。汉字会变成那样吗，萨拉？
两千年以后，真的会像树叶一样在空中飘？
人们说话只需摘下几片叶子？那么下雨代表什么？
下雪代表什么？狂风骤雨代表什么？
我将怎样表示还没有爱够？要么相爱要么毁灭？

五千年前一个极度抑郁的孤独狂每天狂书，

刺在龟壳上，然后用自己的头发上吊，

死在半空中。风把他吹到你的星座，

他呛了一口水活过来，回头看地球：

龟壳闪闪发亮，夜不能寐，上面的字伸展肢体

呈飞翔状。五千年后，它们在纸上舞蹈，

随意组合，通奸，难以忍受欲望和孤独，

它们被绑架到银屏上，肢体扭曲，伤痛，

有声，有形。环境气温变了，国土故乡消失，

网络脚手架，它们每天跳楼自杀，

剩下的那些指事，会意，转注，假借，不求理解，

每一个字都是一只鸟，像人一样行走，

纠结，残杀，它们是自己的鞋带。

2015 年 7 月

注：萨拉·凯恩（1971—1999）为英国 90 年代新文本运动剧
　　作家，有《摧毁》《菲德拉的爱》《清洗》《渴望》
　　《4 点 48 分精神崩溃》五个剧本，1999 年以鞋带上吊自
　　尽。

莎士比亚的四个女人

罪＝sin,guilt. 图像分解了罪,上为四 four,下为非 not,wrong.

改用散点透视。朱丽叶倒在左边
唇上流着血的后悔
麦克白夫人斜躺上方,脸色铁青
披风挡住了光源

奥菲莉娅弱弱跪下,温良恭俭让
苔丝狄梦娜封口,侧卧画中央
后面是阴森森的,森林,由绿,到更绿,到黑
四个女人死得深浅不一

夜里,四双眼睛瞳孔放大
从背景向前移
画面外四个后悔药瓶自动打开
白水四溅

168

奥菲利亚是水中的一朵睡莲
苔丝狄梦娜也是水中的一朵睡莲
朱丽叶年轻时是睡莲，成为麦克白夫人后是另一朵睡莲
她们在睡眠中漂游，冲洗记忆

初二时第一次读莎士比亚，记不清人物
我以活着、死去来记她们
或者以纯情、罪孽来记她们，今晚她们漂到一起
在水中混合为同一双眼睛，不瞑

早晨，水退，窗户上是方格子光线
森林中的草地像地毯一样展开
克莉奥佩特拉从里面跳出来
笑得光明，若无其事。这时我后悔

我昨晚怎么跟她们的是是非非牵扯一气
痴情，忘情，寂寞，计谋，纠缠，纠结
都因爱？而我也爱过，恨过
参与过她们的命运构图

朱丽叶的纯，衬托罗密欧色相
麦夫人粗暴，为麦克白挡几发机关枪
奥菲莉娅本色是一片荷叶
使哈姆雷特的阴郁看起来合理

苔丝狄梦娜无论亮度如何，都是被奥赛罗掐死的下场
她们多于四人，又少于四人，是陪衬，烘托，是替罪羊
脆弱，或暴戾，都是死
死后是底色，底牌，有时还是谎言的挡箭牌

莎士比亚从不原创，他把历史故事翻新，
翻得连历史都反悔，家仇国恨
宫廷政变，女人不是也得是祸水
朱丽叶假死，导致罗密欧真死

苔丝狄梦娜假背叛，导致奥赛罗真背叛
麦克白夫人，不能不把她不当冤死鬼
野心和残忍背后必须有一个女人
为罪魁祸首。奥菲莉亚整天恍恍惚惚

絮絮叨叨，替罪？不替罪？羊？不羊？
真真假假的工具，导致哈姆雷特真真假假地疯癫
最后她归宿海洋，成为爱的泡影，水
此时我用水调颜料，比油更记忆犹新

荷马笔下的海伦，在画面上时隐时现
西方文学本质，让女人各具优点，优势，但最终
是罪的根源，夏娃举起苹果
苹果的缺点，缺陷，因夏娃无知的无知带给人类

风起，几只蝴蝶向后飞，向深处飞
动作轻微，我勾了几笔
把它们拉近，拉前——
但后悔把道德斑点落在了明处

2015 年 7 月 23 日

小说诗

（2011—2015 精选）

极端的爱

二哥生前有个极端的爱好，收集石头。
每天早晨他对着东方在石头上雕琢，
家人起来后才匆匆喝口稀饭，
去镇西小学教课。下班后他沿途找石头，
一回家又躲进书房。他性情安静，
对称于石头的奇形怪状。他不爱说话，
他想说的都对石头说了，
夜里抱着二姐不过是重复雕琢的仪式，
换一种姿势。（后来他在日记里写到，
女人只能引泄出部分欲望。）
他在雕琢中自得其乐，
根本不理会街坊邻居的闲言碎语
（比起石头，这些太无足轻重）。

成百上千的石头堆积在屋前屋后，
窗台上，凉台上，甚至壁橱里。
二姐从不过问石头上琢了些什么，
她保存下来，出于极端的信赖。

这个春天，二姐想把老家装修一番，
迎接返乡的三妹，
但不知如何处置这些石头。哦石头。
踌躇间，我走过去，
摸了一下窗台上第一枚陨石般的奇石，
一股电流传上手臂。
我缩回手，低头看日光和月光磨平的部位，
依稀显露出一些字迹，排成雁行。
我心里突突跳，一块一块摸过去，
有的发光，有的暗淡，
但所有雁行都清晰无误地栖落在这些石头上，
一碰就会飞走。

"有些已经飞远。"一个声音小声说。

我不由得仔细看这些石头的位置，
是否二哥精心安放。是否有一些永远不会飞走。
而哪些会变成石器，哪些会变成化石，
他是否刻下第一刀就已经预感，而让语感
一样的节奏藏在石缝里，控制
起飞时间，和飞行速度。

而那些飞不走的化石，是否会有蓝鸟飞向它们，
嘴里衔着玉器，发出极端的光。

2011年 台南

张家湾的女人

张小强祖上留下几亩地，一个磨坊，
两头牛，三只会下双黄的老母鸡。

张小强刚过四十，娶了三房媳妇。
老大生了儿子，老二生了闺女，
老三骨盆太小，生不下来也怀不上去。

磨坊有长工看着，牛有短工放着，
老母鸡们自己啄米，自己进窝，
自己下蛋，就差自己把鸡蛋
从院子里搬到张家的灶台上。

大媳妇生儿子有功，睡炕左边，
二媳妇生闺女有福，睡炕右边，
三媳妇命不好，怀不了孕，
睡老张身边。这是夜里的格局。

白天的形势比较喜人，
老大坐镇堂屋，招待上门的穷亲戚。

老二坐镇厨房，一天三顿忙完上顿忙下顿。
老三坐镇后院，低头观赏母鸡如何下蛋，
偶尔抬头观看院墙上飞过的十三只黑鸟。

黑鸟不下蛋，黑鸟是树上长出来的。
树上除了树叶，还有飞过的野鸟，
所以黑鸟有可能是树叶和野鸟的合谋。
所以黑鸟不一定完全是黑的。
所以黑鸟翅膀下很可能还有其他杂色。
老三看不见。老三色盲。

老三爱张小强不是因为他祖上留下
几亩地，一个磨坊，
两头牛，三只会下双黄的老母鸡。

大年初一，张小强暴病。
老大的"表哥"来了，牵走一头牛。
老二的"堂弟"来了，牵走一头牛。
老三豁出性命抱着三只老母鸡，不顾
那几亩地和一个磨坊是如何被瓜分的。

老三后来改嫁到李家庄，同李小强
生了一对双胞胎，一男一女，都是大眼睛。

2011 年 5 月 组诗选一

纳博科夫与蝴蝶标本 2

我怀疑每一个追捕的影子都是你
永不瞑目的记忆，而隐藏于飞舞中——

我原本是铁杆海棠，四季灌木，枝叶
一夜间神秘地变成翅膀——花飞向蝶，而刺
遗落于显微镜下，在你手中滴血。

"上帝藏在细节中"，你举起我的遗物，捕风，
无异于标本反串，你四处追杀，巨细

无遗，词的替身，于是连环复仇开始。
我死于不死，不死于词语，所有的爱
误译自被刺伤的痛，我熟悉你的肢体语言

而模仿万古不朽的跌落，飞起——
舞艺，花粉一样繁殖，而春天过敏
无疑于四月无休止的猜疑，捉影。我的家乡
巫医遍地，医好了多疑的心，又
无意中安装了一台气象预测器——

179

方向一转身，风向立刻哗变，无情
无义于乱象纷纷。这个季节，

我活在我的命中，奥菲利娅死在你的目光里，
睁着眼睛——我穿着她的花衣，引诱你徒劳
无益，奔波于无穷无尽的幻象，而我在你呼吸中

蝶变——无数个我，飞向风，如同词语飞向诗，
你捕捉词语的影子，如同风追踪我的唯一

2012 年 4 月

纳博科夫与革命样板戏（组诗选六）

琼花与老四

舞台上，她漫不经心，旋转于洪常青
永远正确的姿势之外，不摩擦，带电。
回到教室，他在课桌中央画一道线
然后又越线，有意无意碰撞她身体……

她收紧胸，低下头，低于班长的革命气息，
低进课本里的生词：red，blue，green……
南霸天身着蓝大褂，铅笔刀一样的嘴
咧笑着从后面削她的辫子。她一撩腿

反踢过去，然后散开长发，遮住颈脖。
她自闭于异性荷尔蒙：一个娘子军党代表
指引她奔向根据地；一个地主生活委员
天天写纸条从后座塞进她衣领。真假恶作剧
她都恐惧，刚发育的身体，在红色年代
躲闪……这天来月事，腰酸背痛，
一劈腿，瘫软在排练场……正朝她挥鞭的匪兵

181

老四，背起她（前胸贴后背）穿过草地

奔进医务室……后来她发现军用书包里
每天都有糖，软的，硬的，奶油的，椰子的。
她从没有戒备椰子树一样安静的老四……
演出这天，老四扬鞭抽打，然后托起她

飞舞，撕破的衣衫花蝶一样起落，她身体柔韧，
第一次像一个小女人……老四盯着她眼睛……
常青牺牲了，老四考上大学了，南霸天枪毙了，
翻身解放后她进了弹花厂，嫁给师傅……

做爱接吻，她通感老四射出的光……
怀孕后她抚摸隆起的腹部，双手滑过腰间，
胯骨，膝盖，脚踝，手腕，肩胛，耳垂……
老四都触碰过，剧情需要，有意或无意。
女儿大了，师傅走了，她闭经了，
老四点开的穴位，盛开着。她梦见他
与她奔跑，层层叠叠，花事如期。他去了北海，
本地景色荒疏——她足尖迟缓，小腿僵硬，

胸部几乎凋谢……日子流过，鱼尾爬上眼角，
如同鱼缸里的青苔，静谧地，茂密……
不可抑制的欲望，强迫症一样强迫她
走舞步，一二三，二二三，三二三，她躲避

一种节奏，等待身体老去——棉花
压抑后，不再有弹性。直到有一天在剧场
遇到洪常青：喜欢我爸从南洋带回的
椰子糖吗？……你不知道老四出车祸死了？

注：纳博科夫走后，革命现代舞剧《红色娘子军》正式上
　　演，剧中女主角吴清华（琼花），党代表洪常青，秘书小
　　庞，地主南霸天，匪兵甲老四。维拉后来写道：琼花，
　　又名蝴蝶花，白色花瓣中间，飞着一群刚醒来的花蕊，
　　雌雄一体，后来"妇女能顶半边天"压成单一的标本。

产后忧郁症

受孕的过程十分复杂，这个女人
困惑于大春的温柔和黄世仁的强暴
之间（基因如何战胜遗传）而犹豫不决
谁是凶手？

异性是一个危险的词语，同坐一条石凳
碰都不碰，就能导致无穷的后患，
何需接触？何需模仿？

红色年代，这个女人的红上衣
被导演脱下，经典的转身动作
北风那个吹呀雪花那个飘了。这个女人

躲进山洞，肉身完成了一次使命。

写完诗，她才感觉到忧伤刺痛皮肤：
孩子是身体的一部分，还是意念的结晶？

她用山泉洗身体，洗手，拼命洗，洗掉大春，
洗掉地主黄世仁，她要干干净净一个人
坐在纸上晒太阳——她与孩子
走进下一首诗里是否骨肉相认？这个女人

同命运反目成仇，简单的结构
无以调和爱与仇的精子冲突。这个女人

面对一个私生儿，失语，跪在山顶
等待电打雷劈，金色的光，刺痛她的眼睛，
她看不清自己与世人的区别，总是不适时宜

下山踩果——山楂，杏仁，核桃，
没有一样劈开来可以找到爱恨的谱系。
这个女人在人群里恍惚，总是走错步子，

音乐一停就跑回山洞，躲进故事里闭目，
闭幕，月亮升起再显身，赤足于山洞，
她要踩痛石子，第二年生一个狼孩——

她的作品成双，绝不与她比孤单。词语不追究

身世，血缘，只要下雨，就能活下来，
他们命大，有时跑进别人的诗里——

风花雪月习以为常，狂风骤雨司空见惯，
偶尔乱云飞渡，引诱他们偏移，但他们学会隐忍
不再飞翔，翅膀已成为行走的装饰物，
如同她一夜间的白发，从山顶直瀑而下——

拒绝犹豫。这些词语后代
漫山遍野杜鹃，海棠，栀子，
一步一步香气逼人，偶尔下山
直奔年迈的仇家，精准无误。

注：纳博科夫在瑞士山上追捕蝴蝶时，一群白毛女向他飞
　　来，令他窒息。维拉后来写道：这些白蝴蝶名叫喜儿，
　　错把他当成黄世仁而向他讨债，其实他前世为大春，而
　　大春生来就与词语作对，喜儿有所不知。

浮世绘

给江水英送鸡汤的只能是风烛残年的老江伯
给方海珍送毛巾的只能是贼心已死的老坏蛋
柯湘只能站在杜鹃山顶，风情万种金鸡独立
阿庆必须在外跑单帮，阿庆嫂才能与刁德一

眉毛来眼睛去，李玉和必须单身，杨子荣少剑波
必须光杆不司令，李铁梅不可以喜欢王连举

鸠山不可以暗恋李奶奶，胡传魁不可以
风卷残云沙奶奶（她已基本上动不了了），

喜儿与大春的房事只能暗示，去掉台词，去掉现场
爱情必须还乡团一样夜间出没，鬼子来了抱头鼠窜

挖野菜的英嫂，用乳汁救活解放军伤员
一立足，一抬手又这么往胸前一绕，令小男生

浮想翩翩，八亿人口，四亿恋母情结狂
而喜欢洗头发撒娇的白茹必须缺席
给琼花引路的假南洋华侨洪常青必须牺牲
红色年代不可以黑白不分地爱
更不可以黑白分明地爱，只能暗示
明朗地暗示，孜孜不倦地暗示，有气无力地暗示，
毫无线索地暗示

于是光线重要（没有线条）
于是色彩重要（没有色情）

于是姿势重要（一个弯腰，一千零二个设想）
于是目光重要（一个眼神，一千零三个猜测）
于是气息重要（必须在画面上滋事）

186

于是转身重要（必须在一瞬间生非）

于是蝴蝶交配不面对面，而背对背抵制

于是蜻蜓飞向草木不可以含情，只可以自己把脉
于是蜜蜂无性繁殖，一厢情愿寄生于花朵

如同诗人把意象寄生于词语

注：纳博科夫在"文革"山上捕风捉影，一连遭遇八次革命
现代样板戏：《白毛女》《红灯记》《智取威虎山》
《沙家浜》《红色娘子军》《海港》《龙江颂》《杜鹃
山》。维拉后来补记：芭蕾舞剧《沂蒙颂》最不露骨，有
歌词为证：愿情人早日养好伤。

天鹅湖

她精神分裂，起病于湖边——
奥杰塔，奥吉莉亚，两个化身轮流附体。
她在黑白之间交叉，迷恋与王子野合。
喜儿琼花时代已过，她不再惧怕异性，
而沉浸于若即若离翩翩之舞肌肤之亲。
每天教室、排练场、图书馆三点一线，
食堂是唯一的社交经验。她减食，身体轻盈

被他托起，如一只刚睡醒的梦蝶，落地后
一个侧身变为白天鹅。她喜欢腰间隐藏
他的牵引，对视时向后扬，离开他的磁场，
一起身变为黑天鹅——黑蝴蝶，满眼仇恨。

必须爱，必须被爱，奥杰塔才能转世为人。
她披上奥吉莉亚的黑外衣，媚眼播撒恨，
然后穿上奥杰塔的白裙子，一副受害的凄楚，
幻想王子会爱上黑天鹅。她带着伤痛
满世界流浪，每一个街角走来的女子
都有她的眼神，嘴唇，上帝吻过的痕迹。
所有男人都是假想敌，所有女人都是洛丽塔
年老后絮絮叨叨的刀子嘴，讥笑她睁眼瞎。
她眼中的湖水，浩渺，奥杰塔向左游，
举着圣经，奥吉莉亚向右漂，举着语录，
她举起最后一个想象力，刺向湖心，黑五类
五马分尸。

注：纳博科夫去世前留下一份手稿。维拉打开抽屉时，一只
　　天鹅飞到她手上，黑白忽闪，她不知所措交给了柴可夫
　　斯基。

舞剧《武清照》

凄凄哀鸣一声赴纽约，亮相，青面獠牙，吓破老美

188

小胆，掩面，小碎花步迈进格林尼治村：中国妃子到

惨惨皇后区双眼平视，双肩下压，步态婉约唐人街
看面相，姐啊，你比我还命苦哟，妹呀你好没福气

戚戚卧倒新泽西，黄疸哮喘糖尿病，眼睛随着指尖走
赛克斯顿路过拽她上车，崩擦擦，甭擦擦，改朝换代

清清回光返照，退到舞台中央念经，人瘦花瘦黄昏瘦
照照小腿抽筋，欲退还休，2011年悠悠小卒，叉叉

注：纳博科夫惊闻而起，又躺下。维拉后来写道：怎一个，
　　愁字了得？

交响乐 《献身》

肖霍洛夫的音乐从水下传来，鱼群翻动
露出白肚，她震颤，于活生生，情不自禁
解开纽扣。无政府主义，无国家，
无丈夫。丈夫等同于红太阳光芒万丈。
没有丈夫的女人，连寡妇也不屑，
她们与离婚女人一起，为曾经有过丈夫

而白眼她。前方战场黑烟滚滚，她想去送死，
死在一个陌生战士或敌人的怀中。夜深了，

她走到村头，看见小木匠还在院子里，白木屑
在月色下具有死神的魅力。她走进去，
默不作声在小木匠身后，看他低头干活——

受过伤的手臂，有点歪斜的肩，单薄的背，没有女人
纠缠过的腰，没有女人死抱过的大腿，小腿
有力地分开，配合大腿和胯部动作。
她走过去，走到他身后，两手平静地伸向他。

院子里只有树影晃动，母鸡已睡，公鸡已睡，
小鸡还未孵出，鸡蛋躺着不动。
小木匠停下机械性动作，转过身来，惊望着她，
她靠过去，
听见他呼吸急促，她靠过去，靠过去——
"我先问一下我娘……"受过伤的手臂颤抖地推开她。

天不亮，她向河心走去，村里人还没醒，她
一步一步走去，河水淹过心脏，肺，喉咙，耳膜，眼睫……
小木匠当过兵的眼神，瞄准靶心，抛去一块木板。

注：纳博科夫叹息，躺下不起。维拉后来写道：70年代的少
　　年文化宫，同时排练《红色娘子军》和勃拉姆斯的《匈
　　牙利舞曲第五号》，启蒙与压抑，压抑与启蒙，蝶影纷
　　飞，扑朔迷离。

2012年5月至7月

我叔叔的镜片

那天他被急匆匆揪起来带走，眼镜碰到门槛。
他回头，隔着碎镜片看见婶婶
惊恐的眼光，张开的口，在玻璃蜘蛛网后面……

牢房里，他每天想到四散的碎片，尖锐，刺痛，
不敢看门窗，害怕铁栏杆后面会发出声音。

放风时，他看到铁丝，树枝，罐头盖，碎砖，
所有看不清的尖细处，都刺激他的恐惧。
晚上他梦见自己是一根针，刺入我婶婶

的身体。一声尖叫。早上发现肩膀上
有指甲印。痛。但不知是否来自那些旧痕迹。

六年后出狱回家，婶婶带他去配了新镜片。
他戴上又取下，不敢细看任何尖锐物体。
夜里他睡书房，梦见与婶婶同床，猛烈

进入她温润的部位。第二天他躲避她的眼光，

害怕听到"痛"。家里的钢笔，铅笔，削笔刀，

所有尖硬的东西他都藏进抽屉，包括镜框，唱片，
所有看得见听得见的刺激，他都躲避。
他害怕碰撞。过去动不动就跳起来的脾气

再也难以发作。1980 年他"右派"摘帽，出门仍然坚持低头
不往右看。也不左看。他害怕所有视线，

害怕被质问"你错在哪里?"他不知道! 镜片摔破后
他看不清事物，看不清人，他习惯了混浊，
害怕清晰。这天，婶婶端来一杯清茶，他看见

茶叶在开水中厮杀，然后集体自杀，冲向杯底——
玻璃急了，一声爆炸。他松手，见自己俯体于一叶毛尖。

2012 年 7 月 28 日

九 月

天刚亮，他就把几片土司放进嘴里
我醒来，看见他把几颗土星吃下去

林子里的青苹果皮，橘子皮，葡萄核
一夜变成小灯笼裤，小外套，小扣子

他穿上，去天鹤座晨跑一圈
带回外星人的蓝草莓和桑果

我静坐，远古的鸟声进入丹田
我静坐，战神又消灭几颗土星

"快起来，锻炼！"
他已吃掉一颗布罗茨基，两颗希尼，三颗沃尔科特
他飞起
十二只小翅膀
而我的爱，已积累成皮肤下的小脂肪
固执而懒惰的热量……

"多燃烧，多吃!"
但我怕失重……

九点我从草地起身
红蓝草莓也起身，上升，上升到土星

亮晶晶的早餐在这高扬的季节引诱
我一眼看见土星上细密的小齿痕……

2012 年 9 月 22 日

今天给你写首诗吧

风吹到低处，突然缓慢下来，
阳光也是，把耀眼的光芒投在山顶上，
把细而偏心的光线留给不起眼的谷堆，
照亮我家一年的口粮。

黄蜂在低草上飞舞，把隐秘的甜
留给那个年代无家可归的蚂蚁。
我和弟弟跟在母亲身后不熟练地晒谷，打谷，
幻想着丰盛的晚餐。

夜里，我们在粮仓里歇息，
没有窗户，只有墙缝，
母亲打开收音机，那是暗夜里的月亮盒——
至今我还喜欢那些敌台音乐，

Air on the G string，任何时候再听
都会忍不住流泪，
我的童年竟然会那么富有，
偶尔听到贝斯低音，我会兴奋地透不过气。

有一天省城电台说，林彪坐飞机坠毁了，
我和弟弟不明白这消息意味着什么.
第二年邓小平出山，母亲说她要复课了，
意思是我们可以回城了，

我们种的南瓜，豇豆，茄子，西红柿
都还在地里，我们不管不顾，回老家了，
一路上幻觉面窝，油条，热干面，米粉——
幸福可以那么细小，低微，我们忍不住高声大笑，

母亲说小声点，不要让更好的消息吓跑了。

2015 年 2 月 13 日

注：Air on the G string，巴赫 "G 弦上的咏叹调"。

西蒙娜·薇依对食物的恐惧

安·卡森说西蒙娜喜欢在房间里
把食物放在远处。似乎看就能看饱。
她对食物和爱都有些回避，仿佛饥饿是一种美德。
我对食物的恐惧在于我无法控制食欲，
每天四五顿，外加零食，仿佛永远吃不饱。
我控制的办法是闻。闻饱。闻而不食，
就像观赏花朵一样。

旅途中，我喜欢在房间里放一些水果，
第二天与别人分享。晚上
那些水果进入过我的梦，所以我总是洗干净
再给别人。那天，我把水蜜桃和柿子
洗干净，送给你的朋友。
我大概不会为你洗吧，有些女人的梦
我愿意跟你分享，甚至诉说。
当然也不需要，我们可以从对方眼睛里
看见同样的梦，栖息同样的爱，同样的惧怕。
你们都走后，云，仿佛固定在天井上空，
但我知道星辰遥远，有些已经陨落，

时间一千年一千年地过去，我们多么渺小。

我在四合院里坐了很久，抄写一首诗，瓷月亮，
时间突然慢下来，等我抄完，起风了，
窗外的花朵和树影呼啸而过。
时间到了吗？欧洲晚餐特别晚，我兴奋又紧张。
西蒙娜认为爱与食物是一种对立物，
但她两者都拒绝。我在汉字里找答案，
欲望，望。欲，欠缺谷类食物。
胃，畏，刺猬。

夜里，安静的水果香味，消解内心的狂野，
爱与伤痛，在自己的房间里，轻度迷失。

2015 年 7 月

微博体

（2015—2016 精选）

风　后

低矮的蓝山上，是三天三夜的风吹过的蓝灰，漂浮，灰尘之上，是蓝雾，蓝雾之上是蓝云。蓝云之上是蓝的天，蓝波音飞过后留下一只鹤，轻慢地飞舞，我想象它飞出多少里，就会变成风筝，身体一格一格变色，滞留在有气息的蓝空间——我仅有的常识告诉我，三天的风把水吹干了，不可能看见什么都是蓝的，

唯一的嫌疑犯，是我梦见的那朵二月兰，在我醒来后从我眼睛里飞出去，忘了告诉我。与我的奄奄一息对峙的是众多的蓝所祈盼的蓝的水，被风卷起，吹过来，但连续三天的风，把草坪吹成枯黄的梦想。如果连根飞起，是否能在蓝色的天光之中，脱胎换骨成一只鸟？我曾梦见过有根的蓝鸟，在异国的天空种梯田

2015 年 1 月

晚霞后

这些粉红的，橘黄的，悬浮的，散射的暖色系，再过两个半小时就下沉了，整个山会是一座海，风声，水声，花落声。山上只有两种花，白郁金，香，黑郁金，香，其他的都是郁，郁，郁。天黑不再是奇迹，奇迹是天黑之前，它们原谅了彼此都不隐瞒的冷战，冷漠，冷对视。晚上它们携手蹚过水，蹚过风

风在风声中停止，风停了，声音止在一棵槐树上。花落的方式有千样，走路的方式有千种，你把泪水撒上天，撒出一棵巨大的飞行树，曳过太平洋，只有你，才会这样痴，才会这样绝。风起了，花落了，晚霞之后太阳注定会沉下去，天黑不再是幻觉，幻觉是天黑之前的一瞬间，我们原谅了彼此都不隐瞒的愚昧

我们错过了一切，除了死亡

在这棵树倒下之处，到我的视线所及，天地之间和之外，几千种颜色，互相抵消，我可以原谅二战以来所有的敌对矛盾

2015 年 1 月

202

南方之歌

大多数时候我不知身在哪里，沮丧是我的习性，迷糊是我的
本能，每一个地方都是南斯拉夫，我一踏上就解体。只有你
保持固定姿势，我称之为爱的堡垒，我骑上，向北挺进，你
向下向南……东边昆仑，西边珠穆朗玛，很快就是三角洲，
我的南方大本营，我必须坚持，守住，不叫喊，不哭泣，我
的安静能吓死一只蝴蝶

有些地方去了就是为了死，比如纽约，比如伦敦，它们已成
为暗号，代码，而你拒绝注释，拒绝破译，你说死吧死吧，
听起来像死了吗死了吗，是祈使，也是疑问。最后一次了，
我不相信三千年后我又死一次，死在你意向不明的吻中

下午三点钟的光线，照在我弯曲的膝盖上，纽约或者伦敦，
必须经过南斯拉夫的荒芜

我幻想你为我看地图，指路，其实只剩下我一人，我幻想你
的身体和灵魂一样结实，像这山上的最后一棵树，其实整个
世界只剩下水。我还记得那天在威尼斯海滩，月亮和太阳
同时在天上出现，你蒙住我眼睛，从此我的白天就是黑夜，

我幻想我把自己叠成一只小纸船，从此在海上漂，昼夜不分
东西

2015 年 4 月

蓝波说他后悔说过我即他者

他说他睡觉时其实只是他自己。但醒来后发现他是四个蓝波，不知道该给哪一个穿衣服

四月的晚上，我看见电线杆上有四个漂亮的男孩，我害怕他们会变成四只猫头鹰，说一种我不懂的动物语言。我声明过我是一株水生的植物，菖蒲，或者兰花。我是兰花仅仅为了等待一个和我一样容易对事物着迷的人。只有艾略特说过我是蝴蝶，要我练习飞舞，但我至今还走四方步

我是一株走四方步，写四方字的草本植物，傍晚是花圃上的千颗星星，深夜是空气中的千种香味，一到早上是千个睡床不起的懒女人。艾略特至今不知道我到底是哪一个

他突然老了，将爱转化成千种慈祥，每天轮换面具出门，对千人一面的树点头，对千人一面的狗打招呼。他说他年轻时喜欢过蓝波，现在只喜欢一只叫蓝波的花瓶，他说花瓶不具有他性，或者我性，但可以包容形形色色的水，以及形形色色的水做的人

205

他衣冠不整，面目不清，我知道她已经不爱他了，一个恋爱中的女人会让他神采飞扬，独一无二，至少会让他在纸上如此，但他越来越面目不清，写一种大家都写的文字，说一种大家都说的废话，并对一千个他人写同样的评论。他是千个他，而不是千个他自己的他者

我搬进普鲁斯特的家，住客房，他睡他的卧室，每天晚上不是他咳嗽，就是我咳嗽，他的男朋友来了，会不小心拥抱我，把我当成装扮成女性的他。在他的众男友中，我不惊讶看见蓝波，但看见艾略特就喘不过气。我生他的气，但无时无刻不念着他。我依恋他衣服上的香皂味

在普鲁斯特家，从三月到四月，我咳了整整一个月，我把他的咳嗽全咳了，每咳一次就是消灭一个同性恋，他说我会得肺炎，会死，死后会得到他的遗产。我和他的关系，是我与世界的关系

2015 年 4 月

普鲁斯特

从他家出来，感冒就好了。路上见到万斯，玻璃花一样站不
稳，几里路外又是万斯，万斯就是万"斯"，全都是中分发
式，一脸阴郁，他们拒绝文本，要求生活，现实，接阳气，
我抓住一个问，这是否是阴间？他说人类早已渐进渐亡，大
量的蛆在单性繁殖。我问你是人还是蛆？他说你吻一下就知
道了，我捂着嘴唇离开

我只走了三天三夜，就走出人间。回头看，人间是一堵平面
的墙，一排大门，一排植物，开出的花，仿如门神。星罗棋
布，的窗。我想象每一个窗，打开都是黑的，不会再有一个
上帝说，要有光，就有光了。人类已经耗尽所有的光，连风
都是黑的，呼啸一过吸走所有的灵魂。一个窗口开了，蓝波
说，姐，别忘了带钥匙

另一个窗口亮了，波德莱尔说，妹，别忘了去找爱伦坡。他
身后有人造光，人声，人造水果的香甜味。尽管"人"很可
疑。我为什么要离开，不完美也是一种美。我在墙外走，星
的孤独，云的淡定，我走了三年，三年不食人间烟火，我越
来越丑陋，介于飞蛾与黄蜂之间。对面是高歌，为人民服

务，二十七年美学卷土重来

他眼光巨毒，天空飞过一只鸟，他立刻说出鸟的名字。我与他邂逅，同行一个月，他说出千种鸟的名字。我怀疑他生前是只鸟。长期以来林子大了，什么鸟也没有，树木在身体里掺水，拔高身量，以树荫死守一方寸土，谁也不愿像鸟一样拍拍翅膀飞走。我后来才知道，树木是生活大师，而鸟神经错乱，把坠落当成飞翔

2015 年 4 月

阴谋论

假设艾略特的崛起遮蔽了威廉姆斯二十年，那么艾略特是庞德捧起的就不奇怪，因为威廉姆斯是庞德的同窗，庞德害怕威廉姆斯崛起而捧艾略特，所以艾略特得到的是虚名，也就是说艾略特名不副实。那么艾略特的实名是什么？

我与他不同床共梦，那么长，那么久，分不清吃语，异域，抑郁。我耐心等待南方天亮。他的所有批评文章都是为他自己的诗学铺路，他和庞德都信奉难度写作，所以庞德把他捧起就是为自己鸣路

共鸣，共明，功名，但他其实并不在乎名利，命里注定是什么都写在手上。每天晚上他习惯性地伸出手，等我把十指插进去，我们四手交叉，厮守一个小时，第二天他会检查手上的纹路，而不去问路

我们谁也改变不了谁的命运，除非我们把自己的命吹进对方嘴里

他的诗有一种特殊的音乐，只有庞德能听见，威廉姆斯能听

见，也就是说至今只有一半流传在人间。庞德把自己所有的诗都称为歌 (Cantos)，我嫉妒这种决绝，所以我一生与庞德没完没了，一生与威廉姆斯藕断丝连，我的眼睛是庞德，双耳是威廉姆斯，嘴唇是艾略特，我的视觉遮蔽了我的听力，我的言说遮蔽了视力，

所以我需要瓦解，二十年并不漫长，我一生都在等待二十年后，它可能是明天，可能是又一个二十年。梦可长可短。有些梦从月亮上分叉，正如有些花直接从树干上开，不需要树枝的铺垫，我最大的愿望是把一种只有两人知道的密码，嫁接到苹果树上，几乎可以触及的高处

2016 年 4 月

每个诗人都在建构自己的神话传统

（访谈录）

1. 你通常在什么房间写作？请描述一下。

我通常在厨房餐桌上写，因为一动笔就觉得饿，离食物近一点儿，不会分神。我住在山上，厨房面朝山谷。孔子说：知者乐水，仁者乐山。如果离海近一些，也许会智慧一点儿吧。

2. 你写作之前是否有准备仪式？

没有，随便一歪就写，餐巾纸、信封、杂志封面，尤其是账单最后的空白页。之后再敲入电脑。我也经常直接在网上写。大约有一半的诗是这样即兴写的。还有一半是经过准备的，不是仪式，而是阅读，查资料是为了使一首诗有可信度，比如什么水果长在什么季节，热带还是亚热带。

3. 你的英译诗集《长干行》是用长手（笔）写，还是用手敲出来的？

《长干行》是我从我的中文诗翻译成英文的一本诗集，我译初稿，然后分别与五位诗人合译，最后我定稿。有的是在电话上合作，有的是在桌子上合作，边交谈边敲写，有的是通过邮件。长手短手都用过，是反复推敲之后敲出来的。

4. 你是否一直想从事写作？

大概是吧。小时候保姆不识字，有了弟弟之后，父母经常把我带到办公室或者教室，所以我很小就开始"听课"。我上幼儿园很早，我弟弟没上幼儿园，但我们都是上小学前就开始看小说。我中学开始写诗和短篇小说，大学修写作课，写过两个中篇，但我很晚才想到要"正式"写作，年轻时诱惑太多，半专业跳舞，几乎专业练小提琴，业余演话剧，还谱曲配器什么的，最后才轮到写作，现在是写作高于一切。

5. 你认为诗歌是一种特殊的意识吗？也就是说并不是所有人都可以直接接近它，被锁住的潜在记忆需要被其他诗人的记忆和历史记忆通过诗歌来开启。

我不知道诗歌是否和音乐一样需要天赋，但我觉得每个人的潜在能力比我们想象的要多，在于挖掘和开发。我当过数学课代表，但没有机会往数学方面发展。我母亲年轻时教理科，"文革"结束之后改教外国文学，她阅读很广，数理化文史哲什么都读，她可能潜意识拒绝把理科知识灌输给我，而向我推荐文学书籍和乔姆斯基的语言学。我弟弟在美国读的是数学和电脑，我从文学改为语言学

（因奖学金的原因）。我比较愚钝，被开启多次才入门，但是是哪一位前辈诗人在我身上附体我还不知道。

6. 你认为诗人怎样才能最终挖掘或者恢复诗歌语言？

这个问题好。用一句通俗的话来说，诗歌语言来自生活，高于生活。即兴是必要的，但停留在即兴肯定不是诗歌艺术的本意，怎样开发出诗歌语言，是诗歌写作的动力。"恢复"这个词有意思，开拓和创新是还原诗歌本来就有的面目，但古人怎样吟唱，我们只能想象。诗歌语言既是当下的，也是由对远古和未来的想象构成的。

7. 这本书你写了多长时间？

不长，几年时间。我觉得出诗集间隔长一点比较好，沉淀是必要的，新鲜感更是必要的。

8. 为什么要写这本书？这本书后面有什么故事？

我没有计划要写《长干行》。我用中文写诗，但这几年有一种压力，越来越多的中国诗人都出英译诗集，我翻译别人的诗，慢慢就自然而然地想到，哎，是不是自己也出一本啊。《长干行》英译本是从我不同诗集里挑选出来的诗，有些甚至还没有发表过，它后面的故事，就是我的生活，当然有想象和虚构部分，庞德眼里的李白笔下的那个步行到长风沙的女子一路走到美国此地……

9. 你最喜欢哪些诗人？他们怎样影响了你？

影响是一件很个人的事情，而且会随时间而改变。沃尔科特和安·卡森是两个极端，一个非常传统，一个非常前卫，一个影响了我的写作视野，一个影响了我的写作态度。

10. 对于不熟悉你风格、也不熟悉你书中人物的读者，你有什么建议，以便他们能够了解你的作品？

我诗集里的人物有三千年前亚洲的，也有当今美洲和欧洲的。但也没必要去了解这些，任何读者可以想象我在写你或者为你而写吧，读者就是诗中被写的人物，读者就是我写作的对象。至于诗集的名字，这是一个隐喻，表示对庞德致意。李白、乔叟、波德莱尔、艾略特等等在我诗集里都是虚构的人物，"黄花鱼"才是主角，但可以把黄花鱼想象成任何国家神话中的人物，诗歌最重要的一点是引起更多想象。

11. 翻译你自己的诗，最困难的地方是什么？

语言游戏，隐射关系，古代神话的借用，句子的音乐性。我觉得理解原作需要来源语的母语诗人，翻译成另一种语言的诗需要目标语的母语诗人，一首诗需要两个诗歌写作者，共同完成，否者只是翻译，而不是诗。这本诗集有几首我自译，其余大部分是合译。中文理解上我自己把关，但如果没有合译者在另一头把关就没有最后的英语诗。所以我强烈建议与英语母语诗人合作，英语再好也不要自译。我很幸运，这五位都是非常好的诗人，译出来的是诗。但读者如何去理解，仍然是一件很困难的事情。即使熟悉西方典故也不见得就能读懂。《帕格尼尼》《威尔第》《埃尔加》《李斯特》《德彪西》，这些诗什么意思？这些标题并不是随意取的，帕格尼尼是神速小提琴手，这首诗写的是大病突然降临，比帕格尼尼的手指还快，病中又回忆起小时候练琴的情景以及一些幻觉。我并不指望所有人都能读懂，每个人可以有自己的解读。即使是一个众所皆知的典故，比如"女娲补天""特洛伊之战"，也不可能理解得一样。用典并非掉书袋，让读者猜谜，而是一种自然的写作习惯，脑子里有什么东西闪过，就自然而然写进去了，可能是下意识地联想到一个寓言故事、一个远古人物、一个文学人物、一段历史，或一个事件、一个画家或者音乐家的作品，等等，这是一种意识流吧，但也可能是潜意识中在构建一个新的传统，把古今中外自己喜欢的东西放在一起，组成一个新家，并改造他们／它们，赋予新的意义，以新的想象创造新的远古神话。每个诗人都在通过写作而建构自己的神话传统。

12. 在哪里长大的？

在长江边，那里夏天很热，潮湿，但栀子花很香，冬天下雪，地面很滑，江面上结冰。我很留恋那里四季分明的季节变化，也很留恋从小在长江游泳的经历。但我的故乡很多，并不局限于出生地。我从小就不断移居，返回，又移居，三岁多就随父亲在一个农场待了半年，见过水牛，吃过红薯。四岁的时候随母亲去另一个乡下，见过蚕豆花。五岁回到长江边，和我姐姐的同学一起游泳，差点淹死。后来又全家下放，住仓库，每天翻山越岭去上学，后来回城受歧视。所以在"哪里"长大，对性格的形成有很大影响，我既有天生乐观的一面，也有后天悲观的一面。既有在城市租界"养尊处优"的记忆，又有在山区仓库里每天晚上听老鼠打架的记忆。

13. 为什么在你现在住的地方安家？

我四岁就知道长大后会去"异邦"，我家上两代居住国外，我姐姐生在国外，所以我从小就知道会去"另一个地方"，但这个异邦是流动的，我还没有把加州当作固定的"家"，我人在这里，心灵"流亡"于身体。但既然定居此地，就必然有一种神秘的缘由。近几年来，美洲给我一种"祖籍"的感觉，中国人讲"籍贯"，就是祖父的家乡，我觉得还应该往前推，美洲原著居民的神话传说和地理风貌给我一种神秘的原籍感，"龟岛"和甲骨文一定有某种必然的关联，在加州定居一方面可以看作是漂流移居，一方面可以看作是落叶归根，这个感觉很奇怪，我还在探究，我希望在美洲找到一种个人的隐秘的诗学源头。

14. 下一步计划是什么？

寻找一种新的形式、新的主题。走新路，不重复自己。

15. 五年以后会在哪里？

五年很快就过去了，还是在这个厨房写诗吧。我喜欢住在这个山上（苏珊娜山脉），厨房对着山谷，做饭写诗都会心情很好。左边山连山，远方是大熊山，冬天有雪，正前方过了好莱坞就是洛杉矶，再远处又是山脉。右边的山脉矮一些，山那边是太平洋，所以那一片山之上总会有雾气或者霞光。我不喜欢直接面对海，而是喜欢这样隔着山看远处的海，想象海，以及海那边的中国。从地理上看，左边山外有山，右边山外有海，所以我知道自己很渺小，写作上，中国古代诗人把我现在所处的环境都写过了，所以我不写自然诗。写山下的小镇吗？离我十分钟之外就有很好的美国诗人，我不可能写得更好，所以我中西双向，用李斯特来调侃李白。

16. 除了语言、文字、文学，还喜欢什么别的？有什么其他爱好？

我对很多事情都感兴趣，但一个人只有一辈子的时间。年轻时玩音乐，跳舞，现在不玩这些了。我以前喜欢做衣服，别人总是问我在哪里买的，我没学过裁衣，随意裁，这一点不知道是谁遗传给我的，难道是历史记忆？我现在对古筝入迷。以后想学什么还不知道，练瑜伽吧，或者把文字当瑜伽练。

美国迈瑞克出版人问卷（摘译自英文访谈）

2012 年 12 月